für Baba Matija

Ich lebe in einem der alten Häuser, weit oben im Berg. Ich heize mit dem Ofen in der Küche, und das Wasser, mit dem ich mich wasche, kommt aus dem Brunnen neben der Räucherscheune. Wenn ich frühmorgens den kleinen Acker gewässert und die Tiere gefüttert habe, koche ich Kaffee und stelle ein paar Tassen und Gläser auf den Schemel, den ich bei gutem Wetter dann nach draußen trage. Den Rest des Tages sitze ich gemeinsam mit dem Hund im Schatten unter einem Baum.

Die Menschen, die zu mir hochsteigen, bringen mir etwas übriggebliebenes Lammfleisch von einer Familienfeier, ein Stück Schokoladentorte, einen Kürbis oder eine Wassermelone, etwas Wirsing, ein paar Knochen für den Hund. Und immer bringen sie Geschichten. Ihre eigenen oder welche, die sie von jemand anderem erzählt bekommen haben. Manchmal höre ich die gleiche Geschichte sogar mehrfach, leicht variiert, mal kommt der eine besser weg, mal ist der andere der Böse, einer hat sie selbst erlebt, ein anderer berichtet, was er von einem Dritten gehört hat.

Warum die Menschen ausgerechnet zu mir kommen, kann ich nicht mit Sicherheit sagen. Ich glaube aber, es hat etwas mit der Lage dieses Hofes zu tun. So weit oben im Berg, und so weit weg von der nächsten Straße, hat man nicht das Gefühl, dass dieser Ort etwas mit dem Rest der Welt zu tun hat.

DER JUNGE

Der Junge hat die Aufgabe, Wasser an die Pilger auf dem Erscheinungsberg zu verteilen. Der lange Weg hoch zum Gipfel und die große Hitze machen alle sehr durstig. Der Junge sitzt jetzt aber ein paar Kilometer vom Sehergebirge entfernt vor Bubkas kleinem Laden. Er macht die Aufgabe heute nicht. Keiner aus der Gemeinschaft von den Söhnen Marias darf das wissen. Der Junge trinkt heute schon die dritte Fanta. Der Junge bin ich selbst, Viktor.

Ich habe einigen Schaden an meinem Körper. Als ich zur Welt komme, haben die Menschen gleich eine Menge mit mir zu tun. Maria, o Maria. Ich habe damals schon ein ordentliches Rückenproblem. Ich bin so schief und steif, dass die Oma und die Mutter mich wochenlang nur in Tücher wickeln können. Dass mit meinem Kopf was nicht stimmt, findet nie ein Doktor raus. Ich selbst weiß auch nicht, was mir da fehlen soll.

Aber wenn die anderen mich loswerden wollen, sagen sie: Du Kretin!

Ich sitze vor Bubkas kleinem Laden auf dem Schotter. Ich kneife die Augen zusammen. Die Sonne hängt mir über dem Gesicht. Sie lässt sich nicht vertreiben. Staub fegt mir von hinten in die Wunde. Unter dem Druck von der Rückenspinne wird die Wunde in den letzten Wochen wieder größer. Das Unterhemd hat abends an dieser Stelle immer einen großen braunen Fleck. Mir tut da aber gar nichts weh. Auf den Schultern habe ich seit dem Beginn der großen Hitze einen starken Sonnenbrand. Das Fleisch ist rot und nass.
Ich gucke rüber zur Straße. Da steht ein Mann vor einem Baum. Der Baum ist eine Kiefer und gehört zu einer ganzen Reihe von Kiefern. Die stehen am Rand von der Straße, über die alle Menschen fahren müssen, die hier leben. Auch ich komme auf dieser Straße zu Bubka. Es ist die einzige Straße.
Bubka schnauft und sagt: Verfluchte Hitze!
Ich sage: Verfluchte Hitze!
Es sieht so aus, wie wenn mir der Mann, den ich angucke, zuwinkt. Das kann aber gar nicht sein. Außerhalb von der Gemeinschaft kenne ich keinen. Dass ich zu den Söhnen Marias gehöre, sieht mir keiner an. Wir sehen aus wie alle. Nur Bubka weiß über mich Bescheid. Bubka selbst steht aber hinter mir in seinem kleinen Laden.
Die Sonne brennt so stark, dass ich den Mann nur verschwommen sehen kann. Ich kann erkennen, dass er abgeschnittene Jeans und ein gelbes Hemd trägt. Er macht sich an einem Baumstamm zu schaffen. Der Mann nagelt was an den Baum. Er geht weiter. Er lässt einen Baum aus und macht sich am nächsten zu schaffen. Er nagelt schon wieder

eine Menge Dinge an den Baum. Jetzt kann ich erkennen, was es ist. Es sind Zettel.
Bubka sagt: Jeder noch so dreckige Köter verreckt doch bei dieser verdammten Hitze!
Ich sage: Verdammte Hitze!
Ich darf nicht vor Bubkas kleinem Laden sitzen. Auch Gebete können da nichts ausrichten. Der Betrug fällt in der Gemeinschaft nicht auf, weil Bubka mir jeden Tag ein paar Münzen in die Büchse wirft. Das ist die Büchse für die Spenden. Ich muss sie abends den beiden Schwestern geben, die mich abholen. Bubka ist ein guter Mann. Morgens sammelt er mich mit dem Bus am Erscheinungsberg ein und abends fährt er mich wieder hin. Bei Bubka verstecke ich auch meine Sachen. Keiner in der Gemeinschaft darf das wissen.
Bubka passt auf diese Dinge auf:

- x das Foto
- x das versteinerte Stück Holz
- x den Grundig Yacht Boy 500
- x den Zauberwürfel

Seit Jahren arbeite ich an der Lösung von dem Würfel. Ich bin so nah dran wie noch nie zuvor. Außerdem habe ich neuerdings ein Taschenmesser. Das habe ich immer bei mir. Ich schiebe es unter die Rückenspinne. Es hilft mir, als einer von meinen Brüdern verraten will, dass ich beim Morgengebet in der Kapelle wieder einschlafe. Ich gehe nach dem Frühstück zu ihm hin und ziehe das Messer raus. Ganz langsam klappe ich die Sägeklinge auf, damit ich mich selbst nicht verletze. Ich halte dem Jungen das Messer ans Ohr.
Ich sage: Du Missgeburt.

Männer versammeln sich um die Bäume mit den Zetteln. Ich gehe langsam auf sie zu. Sie schauen mich an. Ich trage nur die Sporthose. Das Unterhemd liegt bei Bubka im Kühlschrank.
Die Brüder in der Gemeinschaft sagen: Mit der Rückenspinne siehst du aus wie ein Krieger aus der Spezialeinheit.
Die Zettel sind weiß und haben einen schwarzen Rand. Auf einem von den Zetteln erkenne ich sofort das Gesicht von einer Schwester aus der Gemeinschaft. Das sind Todesanzeigen für die Gemeinschaft von den Söhnen Marias aus dem Sehergebirge. Meine Gemeinschaft. Meine Brüder. Auf jedem Zettel steht: Mit traurigem Herzen und Schmerz in der Seele verabschieden wir uns. Dazu der Name von dem Toten und ein Foto. Unter jeder Anzeige steht außerdem: Die trauernden Söhne Marias in aller Welt.
Die Wunde unten am Rücken ist nass. Der Wind macht die Stelle kalt. Eine Todesanzeige ist für den Jungen. Auf der Anzeige ist das Foto von mir, das ich auch bei Bubka verstecke. Ich bin auf dem Foto drei oder vier Jahre alt. Es zeigt hier nur einen kleinen Ausschnitt. Mein Gesicht. Ich kneife die Augen zusammen und reiße den Mund weit auf und lache. Unten auf dem Foto sind noch die Hosenträger und der Pulli, den ich darunter anhabe. Auf dem Foto hier ist alles grau und weiß. Aber in echt sind die Hosenträger dunkelblau und der Pulli ist hellblau. Ich umarme auf dem Bild meinen Bruder. Er sitzt rechts neben mir. Aber das kann hier keiner sehen.
Die Mutter sagt: Morgen kommt der Fotograf ins Gärtchen, da musst du bitte lachen, Viktor.
Die Mutter macht mir eine Grimasse vor. Sie zieht die Mundwinkel weit auseinander und zeigt alle Zähne. Im Mund von

meiner Mutter glitzert ganz schön viel Gold. Ich übe beim Zähneputzen vor dem Spiegel. Ich mache genauso eine Grimasse am nächsten Tag für den Fotografen, wie die Mutter sie mir vormacht. Ich kneife die Augen zusammen, ich reiße den Mund weit auf und lache.
An dem Baum hängt auch eine Anzeige für den dicken Dim. Der ist doch schon lange tot. Der wirft sich letzten Winter in den Brunnen und bricht sich den Kopf, weil da gar nicht so viel Wasser drin ist. Ich finde ihn. Ich weiß, dass der dicke Dim immer zum Brunnen geht, wenn der welche von den Geistern sieht. Das erkläre ich dir später.
Auf jeder Anzeige steht das Datum von heute. Unsere Geburtstage stehen da nicht. Die Schwestern kennen nur unseren Fundtag. Wir können uns nicht an unseren Geburtstag erinnern. Irgendwo auf dem Gelände von unserer Gemeinschaft muss jetzt auf jeden Fall ein ganzer Haufen Toter rumliegen, und einer macht diese Anzeigen und denkt, dass die Söhne Marias alle tot sind. Die Schwestern bereiten uns auf diesen Tag vor. Gott liebt uns, wie wir sind. Er liebt auch uns. Er hat uns seinen Sohn gegeben. Zu seiner Mutter beten wir. In ihrem Schoß weinen wir. Maria, o Maria. Der Junge ist ein alter Mann, wenn er stirbt. Wenn wir sterben, sind wir alle alt.

Ich gehe in Bubkas kleinen Laden. Das Radio hinten auf dem Tresen ist an. Bubka ist nicht da. Der ist oft drüben beim Nachbarn, der den Männern die Haare schneidet. Ich gehe zum Kühlschrank und hole das Unterhemd raus. Im Radio läuft die Mittagsmesse aus dem Sehergebirge. Die sind schon kurz vor dem Abendmahl. Ich ziehe mir das kalte Unterhemd an. Ich nehme mir eine Flasche Fanta und

trinke die aus. Wenn ich Bubka nach meinen Sachen frage, geht der immer in den Lagerraum. Der Schlüssel steckt. Der Raum ist zugestellt mit Getränkekisten. Ich finde fünf Pakete. Auf die ist in blauer Schrift das Wort CARE geschrieben. Ich kenne diese Kisten aus unserer Gemeinschaft. Wir bekommen eine große Lieferung und in jeder von den Kisten sind Dinge drin, die wirklich nützlich sind. Bananen, Knackbrot, Shampoo. Die Bananen essen wir. Knackbrot kennen wir nicht. Wir trauen uns nicht, es an die Hühner zu verfüttern. Haare müssen wir uns keine waschen. Das Beste an den Paketen ist das Paket selbst und das weiß jeder. Bis heute schleppen wir alles Mögliche damit rum, wenn wir auf dem Gelände arbeiten. Die Pakete sind sehr stabil.
Ich öffne ein Paket. Ich finde darin das Foto, das versteinerte Stück Holz, den Grundig Yacht Boy 500 und den Zauberwürfel. Ich werfe noch ein paar Flaschen Fanta in die Kiste. Ich mache die anderen Carepakete auf. Orange Plastiktüten, die Bubka auch hinter dem Tresen hat. Die sind bis oben hin gefüllt mit Geldscheinen. Ich nehme überall eine Tüte raus und lege sie zu mir ins Paket. Ich gehe aus dem Lagerraum zur Kasse, mache sie auf und stopfe mir einen Bündel Scheine unter den Gummizug von der Sporthose.
Ich stehe vor Bubkas kleinem Laden. Die Sonne brennt mir auf die nassen Wunden von meinen Schultern. Kurz bevor die Ladentür langsam hinter mir ins Schloss fällt, kann ich hören, wie im Sehergebirge die Mittagsmesse mit der Segnung von den vielen Pilgern zu Ende geht.

HIER IST DER JUNGE

- x Dorf der Glücklichen
- x Stadt der Brücken
- x Sehergebirge

DIE GEBURT VON DEM JUNGEN

Ich kann nur von dem erzählen, was ich weiß. Sicher ist, dass die Mutter extra in das Dorf der Glücklichen reist, weil der Vater das so will. Sicher ist, dass es tagelang ohne Pause durchschneit und einer die Kuh aus dem Stall in die Küche holt, damit es nicht so kalt ist. Sicher ist, dass ich ein paar Jahre nach dem Erscheinen von der Jungfrau Maria zur Welt komme und viele Jahre bevor die Söhne Marias sterben, meine Brüder. Den genauen Tag weiß ich nicht. Aber das Ende. Die Küche voller Blut, die Mutter so gut wie tot, der Rest der Welt still vor Schreck.

Den Ort kannst du dir so vorstellen: Von einer Straße geht ein Weg ab, der aussieht, wie wenn ein Panzer über große Steine fährt und alles platt macht. Nach einem anstrengenden Fußweg taucht zwischen zwei Felsen aus dem Nichts plötzlich ein Gittertor auf, das sehr laut quietscht, wenn du es aufmachst. Du kommst an einem Kuhstall und an einem Schweinestall vorbei. Wenn du Glück hast, stehen die Tiere draußen und du kannst dir die angucken. Ich bewerfe die

Kuh mit Steinen oder füttere die Schweine mit Disteln. Dann ist da noch ein Brunnen. Den sprengt der Vater mit Dynamit aus dem Boden, als der ungefähr so alt ist wie ich jetzt. Von dem Brunnen aus kannst du gut über die Felder und Weinberge vom Opa sehen. Wenn du nicht schnell rennen kannst, gehst du da aber nicht hin. Der Bruder sieht dort eine Schlange. Außerdem steht eine kleine Scheune auf dem Hof, da sind die Hühner und die Eier drin.

In den Ferien bin ich immer hier bei der Oma. Ich treibe mich am Brunnen rum. Hinter dem Brunnen schlachten die heute schon ein Kalb und jetzt ist da überall Blut. Mit einem Stock grabe ich den Boden auf und steige da rein. Ameisen krabbeln auf meine Füße drauf. Das fühlt sich an, wie wenn mich der Doktor durchkitzelt und nachguckt, ob ich auch alles mitbekomme. Ich bekomme alles sehr gut mit.
Keiner ist da. Nur die Oma ist in der Küche und macht eine Pfanne für den Mann, der das Kalb schlachtet. Der sitzt auch in der Küche. In die Pfanne macht die Oma viel Fett, die Niere und die Leber und etwas Fleisch von dem Kalb. Da gucke ich schon oft zu und ich weiß wie das geht und dass der Mann, der das Kalb schlachtet, das alles allein aufessen darf und ich nichts davon abbekomme. Die anderen sind alle auf dem Feld und holen Kartoffeln aus der Erde.
Von der Oma bekomme ich keinen Ärger. Nur die Mutter ist böse, als die mich vor dem Schlafengehen umziehen will. Die Beine sind ganz schwarz und es kleben viele Ameisen dran. Draußen ist es schon stockdunkel, aber ich muss mit der Mutter wieder in den Hof. Sie tunkt einen Schwamm in die Schale mit dem Brunnenwasser und reibt mir das Blut und die Ameisen ab. Das Waschen tut weh und das Wasser

ist sehr kalt. Ich bekomme Hausarrest. Aber zum ersten Mal höre ich so spät noch die Kühe. Die stehen im Stall und muhen ganz laut. Das hört sich an, wie wenn die Verwandten alle weinen, weil da einer tot ist. Weil der sich mit einem Gewehr ins Gesicht schießt und jetzt zum Friedhof getragen wird. Die ganze Nacht bin ich wach und höre das Geheule von den Kühen.
Am nächsten Tag machen die Kinder vom Nachbarhof unten am Weg im Gestrüpp ein Feuer. Ich will mir das angucken. Aber ich darf nicht vom Hof runter. Also bringt mir die Oma bei, wie ich an Eier komme.
Die Oma sagt: Es kann dir noch das ganze Leben retten, wenn du mal richtig Hunger hast und du kannst ein Ei stehlen. Wenn du das schaffst, drehen wir eine kleine Runde.
Ich sage: Und was ist mit der Mutter?
Die Oma sagt: Das behalten wir für uns.
Die Oma und ich gehen zusammen in die Scheune mit den Hühnern. Die sitzen da einfach nur rum und gucken uns ganz komisch an. Erst denke ich, dass die mich vielleicht picken, wenn ich denen ein Ei wegnehme. Aber die sind gar nicht böse zu mir. Ich greife dem Huhn unter den Bauch und nehme mir ein Ei und die anderen Eier lasse ich ja auch alle da. Ich halte der Oma das Ei hin.
Die Oma sagt: Omas Sohn.

Das Haus, in dem ich zur Welt komme, ist nicht viel größer als die Scheune mit den Hühnern. Es sieht aus, wie wenn es jeden Moment einstürzt. Es ist nicht aus Holz. Es ist aus Stein. Jeder Stein hat eine andere Größe und wird vor vielen Jahren von meinem Opa direkt hier vom Boden aufgesammelt. In die Zwischenräume von den großen Steinen spachtelt der ein Gemisch aus kleinen Steinen und Zement. In unserer Gemeinschaft bekommen wir solche Häuser besser hin. Wir nehmen nicht irgendwas vom Boden und haben immer gutes Material von den Spenden. Vorne hat das Haus zwei Holztüren, die du nur mit einem Schlüssel aufbekommst, der so lang ist wie eine Gurke. Den hat die Oma selbst geschmiedet. Das ist ein rostiger und verbogener Eisenstab.

Öffnest du damit die linke Tür, stehst du in einem Raum mit einem Ofen, einem Tisch, zwei Stühlen und einer alten Rückbank aus dem Bus von dem Onkel, der vor langer Zeit nach Amerika auswandert. Öffnest du die rechte Tür, stehst du in einem Raum, der mit Strohmatratzen ausgelegt ist. Ansonsten stehst du draußen. Zwischen den Räumen gibt es keine Tür. Das ist alles. Du wäschst dich vor dem Brunnen. Da steht eine Schale, in die du das Wasser reinkippst, das du vorher mit einem Eimer aus dem Brunnen hochziehst. Und wenn du strullen musst, gehst du entweder in den Schweinestall oder einfach irgendwohin. Du musst aufpassen, dass dich keiner beobachtet.

Als ich zur Welt komme, leben hier vier Erwachsene (die Oma, der Opa, der Onkel und die Frau vom Onkel) und fünf Kinder (die Kinder vom Onkel). Mit den beiden Nachbarhöfen zusammen sind im alten Teil vom Dorf ungefähr dreißig Menschen. Mit den neuen Häusern an der Straße weiter unten sind es ungefähr achtzig. Ich versuche manchmal alle aus meiner Familie auf ein Bild zu malen, aber immer vergesse ich einen. Zusammen sind wir ein Dorf, das alle das Dorf der Glücklichen nennen. Gehst du ungefähr eine Stunde zu Fuß hinten über die Felder und Weinberge, kommst du zum Dorf der Verrückten. Das ist das Nachbardorf. Ein paar Schwestern von dem Vater werden dahin verheiratet. Die Männer sind sehr brutal. Die suchen immer einen Grund, sich zu betrinken oder mit Gewehren wie wild in der Gegend rumzuschießen. Wenn es hier irgendwo einen Krieg gibt, sind es immer die Männer aus dem Dorf der Verrückten, die die großen Helden sind. Sogar bei uns in der Gemeinschaft von den Söhnen Marias sind ein paar von den Männern. Auch die sind große Helden, als die zu uns kommen.

Den ganzen Herbst verbringt die Mutter hier im Dorf. Die Mutter wartet mit den anderen Verwandten und dem Bruder auf den Winter und die Geburt. Der Vater ist wieder in der Stadt oder sonst wo auf der Welt. Der fährt Mercedes und hat einen wichtigen Beruf. Der Vater ist Bauarbeiter. Der baut Brunnen, Straßen und Brücken. Ohne den Vater und ohne die anderen aus dem Dorf der Glücklichen sieht die Welt ganz anders aus. Überall bauen die Sachen auf. Die Menschen, die in den Ländern und in den Städten leben, sind sehr glücklich darüber und dankbar. Der Vater fährt Mercedes. Alle wichtigen Menschen fahren Mercedes.

Das versteinerte Stück Holz findet der Vater, als er ganz weit weg in der Wüste kilometertief in den Sand bohrt. Mit einem Gerät, das kein einziger Wüstenmensch selbst bedie-

nen kann. Deshalb holen die den Vater. Mit einem Flugzeug fliegt er dahin und ein Geländewagen holt ihn ab und fährt ihn in die Wüste. Zwei Jahre hat der Vater keinen festen Boden unter den Füßen. Nur Sand und die Pedale von seiner riesigen Bohrmaschine. Ich kenne ein Foto vom Vater in der Wüste. Der steht auf einem Sandberg und trägt gelbe Hosenträger. Auf der Brusttasche ist ein blauer Flicken mit einem weißen Buchstaben drauf. Auf dem Helm ist ein blauer Kleber mit einem weißen Buchstaben drauf. Rechts und links hat der zwei Männer im Arm. Die haben beide einen Turban auf dem Kopf.
Der Vater sagt: Ganz kaputte Knie hatten die und trotzdem sind sie jeden Tag gekommen und wollten helfen. Da kann also auch aus dir noch ein richtiger Arbeiter werden.
Der Vater haut mir hinten auf den Kopf und der Schmerz zieht mir bis in den großen Zeh.

Aber ich will dir doch erzählen, was ich von meiner Geburt weiß. Die Verwandten finden die Geschichte immer sehr spannend. Die Verwandten sprechen immer darüber, wenn ich in den Ferien zu Besuch bin.
Ein paar Tage vor meiner Geburt fängt es an zu schneien. Am Ende kann keiner mehr erkennen, wo genau der Brunnen steht. Die Mutter erwartet ein Mädchen. Sie ist sich absolut sicher und jeder glaubt ihr. Kurz vor Mitternacht trägt der Onkel die schreiende Mutter aus dem Raum mit den Strohmatratzen in die Küche und legt sie auf die ausgebaute Rückbank von dem Bus. Direkt neben den Ofen, in dem das Holz brennt. Seit zwei Tagen liegt die Mutter in den Wehen. Schon ein paar Mal ist sie bewusstlos. Seit fünf Tagen schläft sie nicht mehr und die Oma macht ihr heiße Wickel an die

Beine. Alle sind da. Die Oma, der Opa, der Onkel, die Tante, die fünf Kinder, der Bruder und die Kuh.
Die Schwestern in der Gemeinschaft sagen: Wenn Gefahr besteht, rücken die Menschen zusammen, o Maria.
Die Tante macht einen Tee. Es ist ein Tee, der die Mutter lähmen soll. In einen Topf wirft die Tante verschiedene Kräuter, die die Oma schon Wochen vorher einer Alten vor der Kapelle im Dorf der Verrückten abkauft. Als der Tee fertig ist, nimmt die Tante einen Strohhalm. Sie beugt sich über den Ofen und den Topf und zieht den Tee in ihren Mund rein, ohne runterzuschlucken. Der Onkel packt die Mutter an den Schultern und drückt sie fest in die Rückbank von dem Bus. Die Tante versucht der Mutter den Strohhalm in den Mund zu stecken, damit sie ihr den Tee in den Körper pusten kann. Es ist ein lautes Würgen, bis der ganze Topf mit dem Tee im Körper von der Mutter ist und ihre Muskeln schlaff sind. Aber es dauert jetzt tatsächlich nicht mehr lange, bis sich zwischen den Beinen von der Mutter was tut. Die Oma betet den Rosenkranz. Sie sitzt zwischen den Beinen von der Mutter und ist die erste, die mich kommen sieht.
Alle denken: Das ist der Kopf von dem neuen Kind!
Nur die Oma sieht schon, dass das die Schulter von dem Jungen ist. Wenn ich mich jetzt vorwärtsbewege, breche ich mir das Genick. Die Tante nimmt den Topf vom Ofen und schlägt ihn der Mutter auf den Kopf. Die Mutter hört auf zu pressen.
Die Oma sagt: Bringt mir die Messer aus dem Stall.
Was die Oma jetzt gleich macht, macht noch nie einer im Dorf der Glücklichen. Das ist auch der Grund, warum sich alle diese Geschichte später weitererzählen. Bei der Geburt

gestorben sind schon viele. So zur Welt gekommen wie ich ist keiner.
Mitten in dieser Vollmondnacht stapft der Onkel also durch den Schnee über den Hof zum Kuhstall. In einem kleinen Verschlag räuchert der Schinken. Er nimmt die zweizackige Schinkengabel und das Messer, das die Oma benutzt, wenn sie Lämmern die Kehle durchschneidet. Die Oma legt den Rosenkranz aus der Hand. Die Oma kniet jetzt direkt zwischen den Beinen von der Mutter und beobachtet jede Bewegung von meiner Schulter. In die linke Hand nimmt die Oma die Schinkengabel, in der rechten Hand hält sie das Messer. Zuerst setzt sie die Schinkengabel an, schiebt sie unter meine Schulter und zieht die Haut zwischen den Beinen von meiner Mutter nach unten. Sie setzt das Messer exakt zwischen die Zacken von der Gabel, holt tief Luft, zieht blitzschnell die Schinkengabel unter meiner Schulter vor und drückt gleichzeitig das Messer mit aller Kraft tief Richtung Po durch.
Alle sind ganz still vor Schreck. Vor allem die Kinder, weil die zum ersten Mal im Leben so viel Blut sehen. Und die Mutter, weil die jetzt fast tot ist. Nur die Kuh stöhnt laut auf, als die Oma das Kind an ihr vorbei zum Ofen trägt. Da putzt die Oma das in einem großen Topf mit lauwarmem Schneewasser sauber. Das Kind schreit. Und spätestens jetzt sehen es auch alle. Das Kind ist ganz schief. An seinem Unterkörper hängt ein Penis. Weil die Mutter nur einen Mädchennamen für das Kind hat, und die jetzt aber halbtot auf der Sitzbank liegt, beschließt die Oma, das Kind nach der Stadt zu benennen, in die der Onkel zieht, als der die Rückbank aus dem Bus ausbaut und in die Küche stellt: Viktor, die Stadt des Goldes und der Goldsucher in Amerika.

DER LETZTE TAG

Das erste, was er sieht, als er seine Augen öffnet, ist eine Möwe. Sie steht direkt über ihm im Wind und bewegt sich keinen Meter vorwärts. Wo sie die Beine hingetan hat, kann der Junge nicht erkennen. Ihr Bauch ist wunderschön. Er würde ihn gerne berühren. Aber dann lässt sich die Möwe fallen, verschwindet aus seinem Blickfeld, und der Junge kann unendlich weit in den Weltraum schauen.

TANGO

Jetzt, als ich ganz allein auf der Straße gehe und Bubkas kleiner Laden weit hinter mir liegt, muss ich an unser Ta-ta-Spiel denken. Alles, was ich nun bei mir habe, sind die Sachen, die Bubka für mich versteckt und die sowieso mir gehören, mehrere Plastiktüten voller Geld, von dem ich nicht wirklich weiß, was es überhaupt wert ist, und ein paar Flaschen Fanta. Bald schon ist die Fanta so strullwarm wie die Suppe, die die Schwestern in der Gemeinschaft für uns kochen.

Ta-ta ist das Lieblingsspiel von den Kindern in der Gemeinschaft. Das ist das Geräusch, das ein Revolver macht, wenn du zweimal hintereinander abdrückst. Ta-ta, ta-ta. Ich kenne kein Spiel, das gerechter ist.

Du formst die Hand zu einem Revolver, zielst auf einen anderen und sagst: Ta-ta.

Ob du triffst oder nicht, weißt du, wenn der andere sich auf den Boden wirft und jault oder wenn der sich eben noch schnell über einen Sandhügel schmeißt und gleich zurückschießt. Dann weißt du, dass es höchstens ein Streifschuss ist. Der Feind entscheidet selbst, ob du ihn triffst oder nicht. Keiner kann das Spiel verlieren.
Alle rennen rum und rufen: Ta-ta!
Mit der Rückenspinne bin ich interessant für die anderen Kinder. Ich bin der einzige Scharfschütze in der Gruppe, weil ich nicht so gut rennen kann. Ich sitze irgendwo in einem von den Häusern und schieße aus dem Fenster raus auf die anderen. Wenn es still ist und ich für längere Zeit keinen mehr sehen kann, weiß ich, dass hinter mir gleich die Tür aufspringt und meine Brüder mich mit Hunderten von Schüssen töten. Bis nichts mehr von mir übrig ist. Die Schüsse prasseln von überall auf mich nieder. Ta-ta-ta-ta-ta-ta-ta-ta-ta-ta-ta-ta-ta. Ich liege auf dem Boden und mein Körper zuckt von den Schüssen immer wieder auf.

In meinem Gesicht brennt es. Die Sonne bohrt sich in die Haut. Es ist trocken und staubig hier. Ich gehe auf einem schmalen Pfad mitten durch ein Tabakfeld. Da hat sich lange keiner drum gekümmert und die Schnecken fressen alles auf. Alles, was ich hören kann, ist das Geheule von den Grillen. Es ist, wie wenn ich mit den Tieren ganz allein bin auf der Welt. Aber dann lenkt mich das Geräusch von schnellen Schritten ab, die mich verfolgen. Immer wieder bleibe ich stehen und gucke mich um. Da ist keiner. Bis plötzlich ein paar Meter vor mir ein Hund zwischen den Tabakstangen rausschießt und den Pfad versperrt. Der Hund ist nicht sehr groß und hat glattes braunes Fell. Mit seinen Augen stimmt was nicht. Die Zunge hängt ihm seitlich aus dem Maul raus. Ich mache einen Schritt auf ihn zu, aber der duckt sich weg und macht ein paar Schritte zurück. Ich bleibe stehen und der bleibt auch stehen. Mit einem Mal knurrt der Hund laut auf und rennt vor mir weg, wie wenn es jetzt wirklich um Leben und Tod geht. Dabei will ich ihn ja bloß anfassen. Ich kann nur noch den Staub sehen, den er mit seinen Pfoten aufwirbelt. Und dann sehe ich eine Schlange. Die Schlange kriecht zwischen meinen Beinen vor. Ich weiß auch nicht, wie ich die so schnell töten soll. Bei Schlangen kann sich keiner sicher sein, was die als Nächstes machen.

In unserer Gemeinschaft stirbt eine Ziege. Keiner kann sich das erklären. Bis ich einmal beobachte, wie sich eine Schlange an die Euter von einer Ziege hängt und die Milch absaugt. Die Schlange schleicht sich davon. Die Ziege fällt tot um. Ich schreibe das gleich in das Heft rein, das ich führen muss. Ich schreibe: Die Schlange trinkt unsere Milch, die Ziege stirbt.
Ich gehe in das große Haus und suche eine Schwester und mache eine Meldung. In den nächsten Tagen bekomme ich eine Spezialaufgabe. Ich stelle einen Bottich vor den Stall von den Ziegen. Ich darf Milch mit einer Flasche Spiritus vermischen. Ich warte, dass die Schlange wiederkommt und unsere Ziegen töten will. Ich sitze am Brunnen und gucke den ganzen Tag dahin. Irgendwie verpasse ich es dann aber, als die Schlange ankommt. Später gehe ich zum Bottich und will alles kontrollieren, und da sehe ich, dass die Schlange schon tot in der Milch liegt. Ich schreibe das auf. Ich schleppe den Bottich ins große Haus zu einer Schwester.

Ich laufe schnell dem Hund hinterher. Aber das geht nicht so gut. Schon gar nicht mit dem Paket, das ich mit beiden Händen festhalten muss. Ich drehe mich nicht mehr um. Ich hoffe, dass die Schlange längst wieder ins Feld abbiegt. Ich mache keine Pause und laufe immer weiter und komme ins Schwitzen.

Links vom Tabakfeld sind jetzt ein paar Hügel und da sind viele Steine und Gestrüpp. Immer wenn bald Ostern ist, gehen die Schwestern mit uns zu solchen Stellen, weil dort dann für ein paar Tage wilder Spargel wächst. Jeder bekommt eine Plastiktüte und muss den wilden Spargel suchen. Das ist nicht leicht. Weil der wilde Spargel hat die gleiche Farbe wie die Steine und das Gestrüpp, und wenn du nicht richtig aufpasst, gehst du an einer ganzen Menge von dem wilden Spargel vorbei, und dann kommt ein anderer und pflückt alles ab und die Tüte ist schon voll und du selbst bist der Blöde.

Ich gehe den Hügel rauf und bleibe nur kurz in einer Distel hängen. Als ich ganz oben stehe und runtergucke, sehe ich unter mir eine Schlucht und viele Felsen und einen kleinen See. Und da ist ein Wasserfall. Drei Menschen baden in dem See und sogar ein Kanu schwimmt darin rum. Ich rolle das Paket den Abhang runter und klettere hinterher. Die Hornhaut an den Füßen ist gar nicht so dick. Mir tut da trotzdem nichts weh.

Um den See drumherum ist ein Holzsteg. Auf halber Strecke ist ein kleines Haus auf Pfählen direkt ins Wasser gebaut. Ein Sonnenschirm von Coca-Cola steht auf der Terrasse. Ein paar Krieger trinken Kaffee und rauchen Zigaretten. Das Mädchen hinter dem Tresen ist bestimmt nicht viel älter als ich. Sie ist schon eine richtige Frau. Ein goldenes Jesuskreuz

liegt auf ihrem Busen. Der Busen ist sehr groß und auf ihrem T-Shirt ist Arielle, die Meerjungfrau.
Ich ziehe die Geldscheine aus meinem Hosenbund raus und sage: Für dieses Geld möchte ich Teigschnecken kaufen.
Das Mädchen gibt mir alle, die sie hat. Das Mädchen ist bestimmt traurig, dass es mir nicht noch mehr Teigschnecken verkaufen kann. Ich bekomme zwei mit Fleisch, zwei mit Käse, eine mit Kartoffeln und eine mit Spinat. Dazu schenkt sie mir einen Joghurt, den ich gegen eine kalte Fanta zurücktausche. Ich habe großen Hunger.
Die Oma bringt mir das Backen von Teigschnecken bei. Auch in der Gemeinschaft backe ich Teigschnecken und alle sind sehr froh darüber. Vor allem an den Feiertagen, wenn aus den Dörfern Menschen in unsere Gemeinschaft kommen. Die beten mit uns zusammen zur Königin des Friedens. Maria, o Maria, du Frau aller Völker.
Direkt vor dem Tresen esse ich eine Schnecke mit Fleisch und eine mit Käse. Den Rest packe ich in das Paket. Das Mädchen mit dem großen Busen guckt mich an. Das Mädchen sagt nichts. Ich nehme mir die Fanta.
Ich gehe zum Wasserfall und suche mir da in der Nähe einen Feigenbaum. Ich ruhe mich aus. Ich setze mich an den Baumstamm und drücke das Paket zwischen die Beine, damit mir das keiner wegnimmt. Ich schlafe ein.
Als ich die Augen wieder aufmache, gucke ich in das Maul von einem Tier. Das ist der Hund von vorhin. Der steht auf dem Paket und seine Zunge fährt mir durchs Gesicht. Der Hund leckt das Salz und das Öl ab. Ich stehe auf. Der Hund springt von dem Paket runter und schaut mich an. Das braune Fell glänzt in der Sonne. Das rechte Auge funktioniert nicht mehr. Die Pupille schwimmt in einer grauen

Masse. Aus dem anderen Auge eitert es, wie es mal aus meinen Knien raus eitert, weil ich hinfalle und eine große Entzündung bekomme. Der Opa schüttet mir Schnaps über die Knie.
Ich mache das Paket auf und werfe dem Hund die zweite Teigschnecke mit Fleisch hin. Der Hund reißt sie in drei gleich große Teile und stürzt sich drauf. Ich lasse ihn nicht aus den Augen und sammle ein paar von den Feigen auf, die auf dem Boden rumliegen. In den Feigen sind Würmer. Ich werfe alle Feigen in den See.
Ich gehe zurück auf den Holzsteg. Da ist jetzt ein Brautpaar und einer fotografiert die vor dem Wasserfall. Die Braut trägt ein Hochzeitskleid und hat eine Silberkrone auf dem Kopf. Der Bräutigam trägt eine Uniform vom Militär.
Ich sage: Sagen Sie mir bitte, wie Sie hierher gekommen sind.
Der Fotograf sagt: Da vorne geht es hoch auf die Straße.
Ich sage: Die heilige Maria Mutter Gottes sei mit euch.
Ich finde einen Trampelpfad, der hoch zur Straße führt. Es ist nicht einfach, dort raufzukommen. Einer packt mich an der Schulter und ich erschrecke mich.
Der Bräutigam sagt: Wo willst du hin, Junge?
An der Jacke von der Uniform fehlt ein Knopf.
Der Bräutigam sagt: Du bist doch einer von uns, wir können dich mitnehmen in die Stadt der Brücken.
Ich sage: Das ist sehr nett von Ihnen.
Ich klettere auf die Pritsche von dem Hochzeitsauto. Das Auto ist ein Geländewagen vom Militär. Der Bräutigam hat einen großen Luftballon an der Heckklappe festgemacht. Ich passe darauf auf, dass der nicht abfällt. Ich halte die Schnur fest.
Der Bräutigam sagt: Ist das dein Tier?

Der Hund springt auf die Pritsche und setzt sich neben das Paket. Ich stecke dem Hund die Schnur ins Maul.
Der Bräutigam hebt den Daumen und sagt: Der Meister ist startklar.
Ich hebe den Daumen.
Der Fotograf fährt in einem alten Auto hinter uns auf die große Straße drauf. Die Autos fahren schnell. Der Wind pfeift uns um die Ohren. Der Wind kühlt die Wunden. Das Auto mit dem Fotografen setzt den Blinker und gibt Gas. Es fährt an unser Auto ran. Eine Hand hat der Fotograf am Lenker und die andere hält er aus dem Schiebedach raus und macht Fotos. Ich sehe, wie das Brautpaar dem Fotografen winkt. Ich winke auch dem Fotografen. Der Hund bekommt davon gar nichts mit. Der ist zu klein und kann nicht über die Seitenklappen gucken. Ein Lkw kommt uns entgegen und hupt und der Fotograf schafft es gerade noch so abzubremsen.
Um uns herum sind nur Felsen und der Himmel. Wir fahren viele Kurven. Wir kommen durch ein paar Dörfer. Da sind überall noch zwei oder drei Häuser. Manche haben keine Dächer mehr. In einem Haus kann ich einen Storch erkennen. Dahinter bei den abgebrannten Ställen sehe ich drei Elefanten, die einen Garten umgraben. Das glaubst du mir nicht? Aber das ist die Wahrheit. Da stehen drei Elefanten und graben einen Garten um und die kümmern sich überhaupt nicht um den Storch, der sie beobachtet.
Ich kann mich gerade noch so auf der Pritsche halten, ohne runterzufallen bei der Raserei und den vielen Kurven. Dem Hund fällt die Schnur mit dem Luftballon aus dem Maul. Der steht auf allen vieren und bellt einem Berg entgegen. Auf dem Gipfel steht ein großes Kreuz. Das ist das Kreuz von

Jesus Christus. Wir fahren auf den Berg zu. Ich klopfe an die Rückscheibe. Wir halten an. Wir verabschieden uns. Der Fotograf macht Bilder. Er macht Fotos von mir, dem Hund und dem Brautpaar. Der Fotograf kriecht auf dem Boden rum, damit der Gipfel und das Jesuskreuz auch auf dem Bild sind. Der Pfad zum Gipfel geht im Zickzack und ich brauche ziemlich lang, bis ich oben bin. Mit dem Auto kann keiner diesen Pfad fahren. Da sind zu viele Steine. Zehn Schritte, links, zehn Schritte, rechts. Jeden Meter, den wir uns auf den Gipfel zubewegen, bellt der Hund noch lauter. Das Paket ist mir zu schwer. Ich stelle das Paket auf den Rücken von dem Hund und halte mit einer Hand dagegen. Ich denke nur noch ans Gehen und gucke auf den Boden oder auf das Paket.

Wir stehen unter dem Kreuz. Wir schauen in den Himmel. Das Kreuz ist so hoch wie ein Hochhaus. Ich gucke runter ins Tal. Mitten durch das Tal fließt ein grüner Fluss. Drumherum liegt die Stadt. Das ist die Stadt der Brücken. Es ist lange her, dass ich zum letzten Mal in dieser Stadt bin. Keins von den Häusern ist in einer Reihe zum anderen gebaut. Nur der Fluss ist eine Linie.

Der Hund jault auf. Ich stelle das Paket ab. Ich setze mich neben den Hund auf den Boden. Ich streichle das Tier zwischen den Ohren. Es legt seine Schnauze in meinen Schoß. Wir blicken in das Tal, bis erste Wolken aufziehen und die Sonne untergeht. Kein Licht brennt in der Stadt. Es ist finster. Am Himmel kann ich den Mond nicht sehen, auch keine Sterne.

ANLEITUNG ZUM BACKEN VON TEIGSCHNECKEN

Du nimmst einen dünnen Teig und irgendwas, das du in den Teig einrollen willst. Außerdem benötigst du viel Öl von den Oliven am Berg. Damit streichst du alles ein: die Hände, das Blech, den Teig (bevor du die Füllung drauflegst) und noch mal den Teig (nachdem du die Füllung einrollst). Aus der langen Wurst, die jetzt vor dir liegt, formst du eine Schnecke. Dazu legst du ein Ende genau in die Mitte vom Tisch und stellst einen Salzstreuer drauf oder ein Glas mit Honig. Mit dem anderen Ende in der Hand läufst du jetzt um unseren Tisch rum, bis kein Teig mehr übrig ist. Die Schnecke ist fertig und du trägst sie aufs Blech. Das ist der gefährliche Moment beim Backen von Teigschnecken. Auch Teigschneckenbäckern, die schon jahrhundertelang Teigschnecken backen, fällt an dieser Stelle manchmal der Teig auseinander. Wenn du das ganze Blech mit Teigschnecken volllegst, schiebst du alles in den Ofen und wartest, bis das Öl anfängt zu knistern und der Teig schon etwas braun ist. Wenn du jetzt eine Schnecke rausnimmst und in der Hand hältst, kannst du testen, ob die Teigschnecke gut ist. Du drückst die zusammen und guckst, ob hinten Öl raustropft. Wenn das so ist, machst du alles richtig.

DER LETZTE TAG

Der Boden fängt an zu vibrieren. Ein immer lauter werdendes Dröhnen pumpt sich in seine Ohren. Zuerst hält der Junge es für einen Teil seines Traums. Aber dann landet eine Menge Dreck und Staub in seinem Gesicht. Der Hund neben ihm bellt laut auf. Der Junge muss schrecklich husten, fuchtelt mit den Armen herum und spuckt aus. Als er wieder halbwegs zu Atem kommt, sieht er, wie ein Fahrzeug an ihm vorbeizieht. Neben den Reifen sind elektrische Besen montiert, die den Dreck der Straße aufwirbeln. Zwei orange gekleidete Männer gehen mit Kehrschaufeln hinterher.

»Zigeuner«, sagt einer von ihnen, als er den Jungen sieht, und der guckt ihn einfach nur an und sagt gar nichts. Seine Augen sind noch müde vom Schlaf. Er greift nach einer Plastiktüte neben sich und bindet sie an sein Handgelenk. Dann erst steht er auf und geht los. Der Hund folgt ihm.

DAS ERSTE BUCH

Das mit den Geschichten fängt damit an, dass mir kotzübel ist. Ich bin verliebt.

Ich frage die Mutter: Ist das so richtig?

Die Mutter sagt: Da gibt es kein richtig. Du freust dich darauf, die Geliebte wiederzusehen. Oder du hast Angst davor.

Manchmal hast du auch Bauchschmerzen, so wie du jetzt. Oft fällt es dir schwer, dich daran zu erinnern, wie die Geliebte überhaupt aussieht. So viel Schönheit kannst du dir nämlich gar nicht merken. Wenn du sie dann wiedersiehst, bist du überrascht, wie schön diejenige tatsächlich ist. Dann willst du ihr Gesicht berühren.
Ich sage: Ich bin in die Teti verliebt.
Die Mutter sagt: Aber die Teti ist viel zu alt für dich.
Die Teti ist seit drei Tagen bei uns im Gärtchen. Sie geht schon lange zur Schule. Sie ist nur für zwei Wochen im Gärtchen und will rausfinden, ob sie mal eine von den Tanten sein will, die da auf uns aufpassen. Ich wünsche mir, dass die Teti eine Tante in dem Gärtchen ist.
Ich frage die Mutter: Wie sage ich der Teti, dass ich sie liebe?
Die Mutter sagt: Du schenkst ihr erst mal Blumen.
Ich sage: Gib mir Geld für Blumen.
Die Mutter zieht mir die Hosenträger an und den hellblauen Pulli, den ich auch auf dem Foto mit dem Bruder anhabe. Die Mutter gibt mir Geld und geht mit mir zum Gärtchen.
Ich kann den Weg auch schon allein gehen. Es ist ganz einfach, sich den Weg zu merken. In unserer Straße sehen fast alle Häuser genauso aus wie unser Haus. Hochhäuser mit vielen Wohnungen und vielen Kindern und vielen Hunden. Wir haben keinen Hund. Früher sind hier kleine Holzhütten, in denen arme Menschen wohnen.
Obwohl die Häuser jetzt keine Hütten mehr sind und wir alle gar nicht arm sind, sagen die Menschen, die hier leben: Wir wohnen in den Baracken.
Wenn du aus unserem Haus rauskommst, gehst du rechts die Straße runter. Dann kommt erst ein Haus, auf dem groß die Nummer 38 steht, dann kommt ein Haus, vor dem steht

eine Wippe, dann kommen kleinere Häuser, in denen ist das Medizingeschäft, das Café, der Bäcker, der Elektroladen, das andere Café, der Blumenladen, und dann kommt der Kiosk, wo mir die Frau manchmal Schokobananen schenkt und zu mir sagt: Mein kleines Zirkusäffchen. Dann kommen wieder viele von den Hochhäusern und irgendwann kommt eins, da steht ein Spruch auf der Haustür, den sprüht da einer hin. Da gegenüber ist das Gärtchen.
Auf diesem Weg kaufe ich mit der Mutter zusammen im Blumenladen einen kleinen Topf mit lila Blumen drin. Die Verkäuferin wickelt den Topf in grünes Papier ein und jetzt sieht das Geschenk viel größer aus.
Wir kommen im Gärtchen an. Die Mutter zieht mir die Jacke aus. Ich gehe schnell zur Teti und gebe ihr den Topf mit den Blumen. Die Teti nimmt mich in den Arm und küsst mich. Ich fasse ihr Gesicht an. Ich darf den ganzen Tag bei der Teti bleiben. Wir spielen ein Spiel. Die Teti und ich sind eine Mannschaft.

Ganz am Anfang gehe ich noch zusammen mit dem Bruder ins Gärtchen. Dann mache ich mich allein auf den Weg. Mein Kleiderhaken ist der Kleiderhaken, über dem ein gelber Regenschirm ist. Den malt da einer hin, der gut malen kann. Der Bruder hat den Haken mit dem Ball und ist sehr stolz darauf. Die anderen Kinder wollen den auch alle haben. Als der Bruder aus dem Gärtchen raus ist und in die Schule muss, bekommt den Haken mit dem Ball dann ein kleines Mädchen.
Warum ich der bin, der so viel auf das Mädchen im Rollstuhl aufpasst, weiß ich nicht. Auf jeden Fall bin ich der einzige, der versteht, was die sagt. Als wir einen Ausflug ma-

chen, wird das Mädchen von der Teti geschoben und ich darf mich links am Griff von dem Rollstuhl festhalten.
Wenn die anderen Kinder das Mädchen ärgern, stelle ich mich vor die und sage: Ich prügel euch alle zu Hühnerkacke!
Das Mädchen sitzt hinter mir im Rollstuhl und brüllt Schimpfwörter. Eine Tante kommt und nimmt uns mit in die Küche. Keiner darf in die Küche. Wir bekommen jeder ein Stück Schokolade von der Tante.
In der Turnstunde studieren wir einen Tanz ein. Beim Basteln macht jeder ein Kostüm. Ich muss eine Papageienverkleidung basteln, weil ich eine Rolle spielen muss, die ein Papagei ist. Ich bastele ein Papageienkostüm für mich und ein Pfauenkostüm für das Mädchen im Rollstuhl.

Als die zwei Wochen vorbei sind und die Teti nicht mehr kommt, will ich nicht mehr ins Gärtchen gehen. Ich will lieber der Mutter bei der Hausarbeit zugucken. Der Vater ist nur am Wochenende da. Ich will in der Küche sitzen, wenn die Mutter allein zu Hause ist.
Ich sage: Ich gehe nicht mehr ins Gärtchen, ich will in der Küche sitzen und dir zugucken.
Die Mutter sagt: Ich gehe einkaufen, ich wasche Wäsche, ich koche das Essen. Du wirst den anderen Kindern fehlen.
Ich sage: Nein.
Die Mutter gibt mir einen Stapel weißes Papier und Filzstifte von dem Bruder. Ich schaue der Mutter zu. Die Mutter wäscht ab und macht Gulasch.
Sie sagt: Du sollst malen, Viktor. Du zeigst mir später, was du gemalt hast, ja?

Ich male die Mutter, wie sie Gulasch macht. Die Mutter schneidet Fleisch. Sie benutzt ein großes Messer. Ich bekomme gar nicht mit, wo die Mutter das Messer herholt. Ich gehe kurz strullen, und als ich zurückkomme, ist das Messer weg. Auch am nächsten Tag gehe ich nicht ins Gärtchen. Ich gehe überhaupt nie wieder ins Gärtchen. Wenn die Mutter einkaufen geht, nimmt sie mich mit. Es ist schwierig für mich, so schnell zu gehen wie die Mutter. Die Mutter nimmt mich an die Hand. Ich komme kaum hinterher. Wenn die mich loslässt, ist sie sofort weg. An der Kasse im Laden stecke ich eine Packung Kaugummis ein. Auf der Straße packe ich die Kaugummis aus.
Ich sage: Ein Mann hat mir Kaugummis geschenkt.
Die Mutter nimmt mich nicht mehr mit zum Einkaufen. Die Mutter bringt mich jetzt in eine Bibliothek. Die Frauen, die die Bücher einsortieren, passen auf mich auf. Die Mutter holt mich mit vollen Einkaufstüten wieder ab. Die Bibliothek ist im gleichen Haus wie die Schule, in die der Bruder jetzt geht. Vormittags sind nur alte Frauen da. Und ich. Die Schüler sitzen in den Klassenzimmern und lernen. Die Frauen in der Bibliothek zeigen mir, wo die Bücher stehen, die ich mag. Ich lese Comics. Du musst die Buchstaben nicht können, damit du Comics lesen kannst. Es gibt Comics von einem Jungen, der sehr stark ist. Wenn der einen Stein wegkickt, fliegt der bis auf die andere Straßenseite und verletzt andere Menschen. Der Junge will aber gar nicht so stark sein. Ich lese die Comics oft durch und ich denke, dass wir gute Freunde sind.
Ich sage zu den Frauen: Lesen Sie mir bitte Bücher vor.
Die Frauen lesen mir Bücher vor. Ich höre zu. Sie lesen mir die Geschichte von dem Jungen vor, der ein Buch liest und

in der Geschichte verschwindet, die er gerade liest. Der Junge findet nicht mehr zurück in sein echtes Leben. Ich merke mir, wie die Sätze von der Geschichte sind und an welcher Stelle die Frauen die Seiten umblättern. Die Frauen glauben mir nicht, dass ich mir das alles merke. Ich mache das aber. Als die Mutter mich abholt, sitze ich an einem Tisch. Ich schlage das Buch auf der ersten Seite mit viel Text auf und lese die Geschichte vor. An der Stelle, an der die Frauen umblättern, blättere auch ich um. Ich lese weiter. Die Frauen klatschen.

Wir leihen Bücher aus. Die Mutter liest mir Bücher vor. Ich lese den Nachbarn Bücher vor.

Alle sagen: Der Kretin kann lesen, Viktor kann lesen!

Also schreibe ich selbst ein Buch. Ich male sechs Bilder und denke mir dazu eine Geschichte aus. Ich diktiere der Mutter die Geschichte. Das Buch heißt: Das ist die Geschichte vom Weihnachtsmann. Auf dem ersten Bild siehst du einen Weihnachtsmann und die Mutter muss den Titel drüberschreiben.

Die Mutter sagt: Es ist Sommer. Warum willst du ein Weihnachtsbuch schreiben?

Ich sage: Ich will über das schreiben, was ich gut kenne.

Auf dem zweiten Bild sind eine Wiese, eine Sonne und der Weihnachtsmann.

Ich diktiere der Mutter: Der Weihnachtsmann geht morgens los, als die Sonne scheint. Er nimmt den großen Sack mit den Geschenken mit.

Daneben muss die Mutter eine 1 hinschreiben. Das ist die erste Seite von dem Buch. Auf dem zweiten Bild ist es dunkel und der Weihnachtsmann liegt auf der Wiese.

Ich diktiere der Mutter: Der Weihnachtsmann übernachtet mit seinem großen vielen Gepäck.
Daneben muss die Mutter eine 2 schreiben. Dann kommt ein Bild mit einem Haus, das auch noch auf der Wiese ist. Der Weihnachtsmann steht vor dem Haus.
Ich diktiere: Als der Weihnachtsmann wieder aufsteht, sieht er ein Haus. Dort geht er hin.
Auf der vierten Seite kannst du durch das Fenster sehen, dass der Weihnachtsmann schon im Haus steht.
Ich diktiere: Da geht der Weihnachtsmann in das große große Haus.
Auf dem letzten Bild ist nur das Haus und durch die Fenster kannst du jetzt sehen, dass ein Kind ganz allein in dem Haus wohnt. Das Kind wartet schon auf den Weihnachtsmann.
Ich diktiere: Da holt der Weihnachtsmann das erste Geschenk aus dem Sack und gibt es dem schönen Kind.
Die Mutter tackert die Blätter zusammen. Die Geschichte ist fertig. Auf die Rückseite von dem Buch schreibe ich den Namen und das Alter. Ich schreibe:

VIKTOR 4 JAHRE

Und ich will unbedingt, dass die Mutter noch hinschreibt:

ENDE

Am nächsten Tag lasse ich mir von den Frauen in der Bibliothek mein Buch vorlesen. Es sind keine Fehler drin. Die Mutter schreibt alles richtig auf.
Ich sage zu den Frauen: Verleihen Sie bitte das Buch.
Die Frauen kleben einen Ausleihzettel auf das Buch und

stellen es zu den Bilderbüchern. Wenn jetzt einer zu den Bilderbüchern geht und da rumgucken will, sieht der sofort mein Buch.
Die Mutter holt mich nach dem Einkaufen wieder ab und wir gehen nach Hause. Der Bruder ist noch in der Schule. In der Küche steht die Balkontür offen. Die Mutter telefoniert. Das Telefon steht im Flur. Es ist grün und groß. Ich gehe auf den Balkon. Da ist jetzt ein Sichtschutz. Ich kann nichts sehen. Ich versuche über den Sichtschutz zu gucken. Aber da sind auch noch die Blumenkästen. Vor ein paar Tagen helfe ich der Mutter, als sie Erde und Samen in die Blumenkästen macht. Ich stelle mich auf die Zehenspitzen. Ich halte mich oben am Geländer fest und ziehe ein Bein hoch. Ich steige auf die Blumenkästen drauf.
Die Mutter ruft: Der Viktor springt vom Balkon!
Ich höre, wie die Mutter das Telefon aus der Hand wirft und auf mich zugerannt kommt. Mir ist schwindelig. Wir wohnen sehr hoch. Wenn du eine Murmel runterwirfst, ist die kaputt. Das probiere ich ein paar Mal schon aus. Die Mutter bringt mich ins Kinderzimmer. Die Mutter schließt die Tür ab. Der Bruder kommt aus der Schule und passt auf mich auf. Er spielt mir Musikkassetten vor. Wir tanzen.
Nachts liege ich wach im Bett. Es ist dunkel. Der Regen schlägt gegen das Fenster. Ich höre, wie der Bruder atmet. Ich halte die Luft an. Ich zähle die Lämmer aus dem Dorf der Glücklichen. Bei dreitausendeinhundertvierundvierzig höre ich auf. Ein Gewitter ist über den Baracken. So viele Lämmer gibt es da gar nicht. Ich klettere über die Gitterstäbe von meinem Bett und lege mich zum Bruder. Ich stelle mir vor, wie einer in die Bibliothek geht und das Buch ausleiht. Ich mache die Augen zu.

Das ist ein Donnerschlag. Ich bin wach. Aber dann fällt mir auf, dass es gar nicht mehr regnet und dass das kein Gewitter ist. Das ist der Knall von einer Explosion. Es ist schwer, wieder aus dem Panzer rauszuklettern. Die Rückenspinne gibt mir Schutz. Aber ich muss aufpassen, dass ich mir nicht die Hände und die Knie aufschneide. Überall guckt verrostetes Metall raus. Ich springe von dem Panzer runter und stehe wieder unter dem Jesuskreuz. Die Stadt der Brücken liegt unter mir im Tal, aber ich kann die nicht sehen. Überall ist Nebel. Fast bis hier hoch. Von der Explosion kann ich auch nichts sehen. Ich will nach dem Hund rufen, aber ich kenne den Namen nicht.

Ich rufe: Hallo!

Aus dem Tal höre ich nur ganz leise das Gebimmel von einer Kirche und das Rufen zum Gebet von den Mudschis. Ich setze mich wieder auf den Boden. Ich warte auf das Tier.

Wenn der Wind gut steht, können wir in der Gemeinschaft von den Söhnen Marias hören, ob die in der Stadt der Brücken kämpfen. Manche von uns können sogar am Knall erkennen, ob die Granaten auf unsere Seite fallen oder ob wir die Granaten auf die anderen schmeißen.

Vor mir liegt das Paket. Es ist nass. Ich nehme es nicht mit in den Panzer. Einer hat es umgestoßen. Die Fantaflaschen und das Geld liegen auf dem Boden rum. Die Teigschnecken sind weg. Ich mache eine Fanta auf und gucke mir das Geld an. Eine von den Plastiktüten ist aufgerissen. Die Scheine darin sind verklumpt und keiner kann die mehr benutzen. Die anderen sind trocken. Das Foto ist nass und das Radio auch. Ich trockne beides an dem Unterhemd ab. Ich gucke in das Tal und warte auf den Hund. Die Sonne kommt jetzt über den Berg und der Nebel ist schon etwas tiefer. Ich schiebe das Paket in die Sonne. Ich selbst setze mich in den Schatten. Ich setze mich unter das Schussrohr von dem Panzer. Ich mache das Radio an. Es funktioniert noch. Ich hänge mir die Schlaufe um den Hals und jetzt baumelt die Musik auf meiner Brust. Es kommt ein Lied von Queen. Das ist die Lieblingsband vom Bruder und ich kann das Lied mitsingen. Dabei höre ich das schon lang nicht mehr. Ich warte auf den Hund. Aber der kommt nicht.

Also klettere ich den Berg runter. Unter meinem rechten Fuß löst sich ein Stein. Der Stein rollt runter in den Nebel. Ich schaue ihm hinterher, aber da ist der schon weg und es ist wieder ganz still. Als mit einem Mal eine Mine explodiert. Ich halte mir das Paket vor das Gesicht. Zum Glück kommt aber nichts bis hier hoch.
Der Junge rennt den Berg runter. Der Junge wird immer schneller, er verliert das Gefühl für die Beine, er stürzt, er überschlägt sich ein paar Mal. Der Junge liegt auf der Straße. Bis ein Auto wenige Meter vor dem Jungen anhält und hupt. Ich höre ein Hupen, wie wenn das ganz weit weg ist. Ich mache die Augen auf und sehe, dass das Auto direkt vor mir steht. Das Paket habe ich fest im Arm. Vom Hund noch immer keine Spur. Ich stehe auf und gehe an den Rand von der Straße. Ich gehe da jetzt weiter runter ins Tal. Auf einem Schild ist ein Totenkopf. Auf dem Schild steht: Minen. Der Nebel ist jetzt schon fast weg aus dem Tal.
Links von mir zieht sich ein Friedhof den Berg rauf. Die Menschen, die da liegen, sterben alle in den gleichen Jahren.

Die meisten sterben in dem Jahr, in dem ich die Stadt verlasse und in die Gemeinschaft von den Söhnen Marias komme. Die Gräber gehen den Berg rauf bis in den Himmel. So hoch kannst du von hier gar nicht gucken. Auf den Holzkreuzen und Marmorplatten steht geschrieben: Unser Held.
Im Schatten von dem Eingang zum Friedhof steht ein Junge. Und vor ihm steht ein Tisch. Der Junge hat schwarze Haut und graue Haare. Die Haare wachsen auch auf der Stirn, sie ist breit und niedrig. Seine Augen gucken nirgendwo richtig hin. Im Gesicht sind ganz viele Falten. Der Junge hat die Haare und das Gesicht von einem Opa und die Haut von einem Wüstenmenschen. Er trägt eine kurze Sporthose und eine Trainingsjacke. Er stützt sich auf eine Holzkrücke. Das ist der einbeinige Dschib.
Er sagt: Willst du spielen?
Ich sage: Ich?
Der einbeinige Dschib sagt: Es ist ganz einfach.
Drei Becher stehen auf dem Tisch. Er hebt einen Becher an. Drunter liegt eine Kugel.
Er sagt: Merk dir, wo die Kugel ist.
Er verschiebt die Becher. Ich kann seine Hände nicht mehr sehen. Ein Becher fliegt nach links, einer nach rechts, dann in die Mitte, wieder links, wieder rechts, dann verschiebt er einen Becher an den anderen beiden vorbei nach links.
Der einbeinige Dschib sagt: Wo liegt die Kugel?
Ich tippe auf den Becher in der Mitte. Der einbeinige Dschib hebt den Becher an. Drunter liegt die Kugel.
Der einbeinige Dschib sagt: Jetzt musst du was setzen. Was hast du in der Kiste?
Ich mache das Paket auf und lege eine Plastiktüte voller Geldscheine auf den Tisch.

Der einbeinige Dschib sagt: Das alles?
Ich sage: Die Hälfte.
Wieder fliegt ein Becher nach links, einer nach rechts, dann in die Mitte, wieder links, wieder rechts. Ich tippe auf den Becher ganz links. Der einbeinige Dschib hebt ihn an. Drunter liegt die Kugel. Mit einer Schnur bindet der einbeinige Dschib an seinen Stumpf ein paar Goldketten, Uhren und eine Schachtel Zigaretten. Er zieht eine Goldkette ab und legt sie auf den Tisch.
Er sagt: Was hast du noch in deinem Paket?
Ich sage: Ich setze alles. Gegen das, was an deinem Stumpf hängt. Die Uhren, die Ketten, die Zigaretten. Deine Trainingsjacke.
Der einbeinige Dschib sagt: Deine Kiste und dein linker Schuh.
Er streckt mir die Hand hin. Ich schlage ein und zeige auf meine nackten Füße. Der einbeinige Dschib hebt noch einmal den Becher hoch, unter dem die Kugel liegt. Dann fliegt ein Becher nach links, einer nach rechts, dann in die Mitte, wieder links, wieder rechts, dann verschiebt er einen Becher an den anderen beiden vorbei nach links, wieder in die Mitte, wieder rechts, von links nach rechts an den Rand, von der Mitte nach links, von rechts in die Mitte, nach links, nach rechts, in die Mitte, wieder links, wieder nach rechts, wieder eine Verschiebung an zwei Bechern vorbei an den linken Rand, von der Mitte nach links, wieder nach rechts, nach links, rechts, Mitte, rechts, Mitte, rechts, Mitte, links. Ich tippe mit meinem Finger auf den linken Becher. Und als ich wieder hochgucke, sehe ich direkt in einen Revolver. Das Gesicht vom einbeinigen Dschib ist hinter dem Lauf von einem Revolver versteckt.

Der einbeinige Dschib sagt: Glaubst du, ich kann dich hiermit totschießen?
Ich sage: Ja.
Er sagt: Lass dein Paket hier stehen, Krüppel! Verschwinde!
Ich haue schnell ab. Ich lasse das Paket stehen und gehe weg. Aber ich gehe nicht weit. Ich verstecke mich in ein paar Sträuchern. Von da aus beobachte ich den einbeinigen Dschib und der kann mich aber nicht sehen. Der einbeinige Dschib klappt den Tisch zusammen und verstaut alles in einem Einkaufswagen. Beinah fällt der einbeinige Dschib dabei hin. Der wirft seine Krücke in den Einkaufswagen. Dann springt der selbst rein. Er kniet sich ganz vorne hin, nimmt die Krücke und stößt sich vom Boden ab. Der Wagen rollt ein kleines Stück vor. Einer schraubt da die Reifen von einem Kettcar dran. Der einbeinige Dschib stößt sich wieder mit der Krücke vom Boden ab. Wieder rollt der Einkaufswagen ein Stück vorwärts. Das funktioniert ganz gut. Der einbeinige Dschib rudert los und lenkt den Wagen sogar einen Bordstein runter. Ich schleiche mich aus den Sträuchern raus und gehe ihm hinterher. Vom Friedhof aus kommen wir direkt in die Straßen von der Stadt. Ein paar umgestürzte Autos und jede Menge Schutt liegt hier rum. Es riecht nach verbrannten Hühnern. Die Luft schmeckt nach Rost und tut mir im Hals weh. Ich schleiche dem einbeinigen Dschib eine ganze Weile so hinterher. Der hat jetzt zu kämpfen, weil da liegen eine Menge Steine rum und die räumt keiner weg. Es ist still. Keiner ist auf der Straße. Nur der Einkaufswagen macht ordentlich Lärm und klappert laut. Da sind zwei Frauen, die aus einem Haus rausgucken.
Wir kommen zum Fluss. Der einbeinige Dschib rollt auf

eine Brücke zu. Hinter einem ausgebrannten Traktor bleibe ich stehen und gucke ihm hinterher. Ganz allein kämpft der einbeinige Dschib sich Meter für Meter mit dem Einkaufswagen vorwärts über die kaputte Straße. Dabei ist es ja viel einfacher, wenn ich den Wagen schiebe.

Die Sonne brennt jetzt richtig runter ins Tal rein und der Nebel ist weg. Keine einzige Wolke ist am Himmel. Der Fluss schimmert grün. Ich kann oben auch das große Jesuskreuz sehen. Der Berg, auf dem ich übernachte. Den verrosteten Panzer kann von hier unten aber keiner sehen.
Als plötzlich einer ruft: Tanz für uns, Zigeuner!
Drei Männer schubsen den Einkaufswagen im Kreis rum.
Sie rufen: Tanz für uns, Zigeuner, tanz, tanz!
Einer von denen singt: Uf-ta, uf-ta, uf-ta.
Der Einkaufswagen dreht sich immer schneller im Kreis, bis der umkippt. Die Männer sammeln alles ein, was auf dem Boden liegt. Die nehmen die Plastiktüten mit dem Geld aus dem Paket. Die reißen dem einbeinigen Dschib den Schmuck vom Stumpf. Die nehmen den Einkaufwagen und schmeißen den in den Fluss. Die nehmen das Paket und schmeißen das in den Fluss. Die nehmen den einbeinigen Dschib und schmeißen den in den Fluss. Die nehmen die Krücke und schmeißen die in den Fluss.
Ich laufe zum Ufer runter. Ich sehe den einbeinigen Dschib, wie der sich an dem Paket festhält. Ich renne am Fluss entlang. Der einbeinige Dschib treibt ab. Ich bin viel zu langsam. Ich verliere den einbeinigen Dschib aus den Augen.
Das Wasser ist schneller als der Junge. Der Junge springt über die Felsen. Der einbeinige Dschib und das Paket tauchen aber nicht mehr auf. Der Junge rennt weiter, bis er

nicht mehr kann. Der Junge ruht sich aus. Er stützt seine Hände in die Knie. Im Kies vor ihm liegt ein toter Mensch. Er liegt auf dem Rücken, ein Bein noch im Wasser. Die Stirn liegt frei von den Haaren. Der Mund steht offen.
Ich haue dem einbeinigen Dschib ins Gesicht. Die Lippen sind lila. Ich haue ihm noch mal ins Gesicht. Der ist wirklich tot. Ich ziehe das Taschenmesser unter meiner Rückenspinne vor. Ich mache die Trainingsjacke vom einbeinigen Dschib auf und schneide das Unterhemd kaputt. Ich taste den Oberkörper ab. Der einbeinige Dschib hat viele Narben. Dünne Linien sind überall auf dem Brustkorb. Das sind keine Narben von Granatsplittern. Das sind Narben von Messerstichen. Ich ziehe dem einbeinigen Dschib die Hose runter. Als mit einem Mal sein Oberkörper nach oben schießt. Der einbeinige Dschib kotzt und würgt. Die Augen stehen ihm riesig aus dem Schädel raus. Der einbeinige Dschib spuckt und keucht.
Als er sich wieder beruhigt und atmet, sagt der einbeinige Dschib: Du hast mir das Leben gerettet, du scheiß Kretin.
Ich sage: Wo ist das Paket?
Der einbeinige Dschib sagt: Leck mich am Arsch.
Ich lasse mich neben den einbeinigen Dschib auf den Boden fallen.
Der einbeinige Dschib sagt: Hör auf zu flennen, Krüppel.
Ich helfe dem einbeinigen Dschib auf. Ich stütze ihn. Wir gehen weiter am Ufer entlang, bis der Fluss schon beinah wieder aus der Stadt rausführt. Da lebt der einbeinige Dschib ganz allein in einer Bruchbude. Hier wohne jetzt auch ich. Vom einbeinigen Dschib bekomme ich dieses Heft und diesen Bleistift. Ich schreibe das Buch. Obwohl wir jetzt jeden Tag zusammen sind und sogar zusammen leben, fragt mich

der einbeinige Dschib nie nach meinem Namen. Wenn ich ihn anspreche, sage ich gar nichts. Im Kopf nenne ich ihn den einbeinigen Dschib.

DIE LETZTEN FERIEN

Nicht lang vor den letzten Ferien werde ich zum Doktor gebracht. Mein Körper hat jetzt eine 34-Grad-Krümmung und dagegen muss einer was tun. Ich gehe mit der Mutter in das Medizingeschäft. Die Mutter zieht mich aus. Der Mann gipst mich vom Hals bis zum Po ein. Der Mann schneidet mich mit einer Schere wieder raus. Das Korsett für den Jungen wird extra gebaut. Es kostet viel Geld.
Der Vater sagt: Der Junge soll wenigstens aufrecht im Leben stehen.
Erst kommt ein Baumwollfetzen um den Rücken. Dann wird das Korsett angelegt und mit drei Schnallen hinten am Rücken zugemacht. Das ist die Rückenspinne. Die Arme von der Spinne sind aus hartem Plastik. Schon nach ein paar Stunden habe ich Wunden am Körper. Zwischen die Schnallen schiebe ich das Taschenmesser. Die Rückenspinne muss ich auch nachts anhaben. Die ersten Wochen kann ich nicht schlafen. Ich kann mich nicht umdrehen. Ich kann nicht alleine aufstehen. Morgens schnallt die Mutter die Rückenspinne ab. Die Mutter reibt den Körper mit Salbe ein. Dann machen das die Schwestern. Jetzt macht das der einbeinige Dschib.

Der Doktor sagt: Daran musst du dich gewöhnen, Viktor.
Die Mutter sagt: Mein armer Junge.
Die Schwestern sagen: Maria, o Maria.
Der einbeinige Dschib sagt: Verdammter Krüppel.

Die letzten Ferien bin ich im Dorf der Glücklichen. Der Bruder geht heimlich auf die Jagd. Ich gebe ein Konzert mit den Cousinen. Ein Mann stirbt. Ich kenne den Mann nicht. Der ist mit mir verwandt.
Die Oma sagt: Der hat das Gewehr geputzt und da hat er sich ins Gesicht geschossen. Das war ein Unfall.
Ich gehe mit der Oma zusammen in den neuen Teil vom Dorf, ganz unten an der großen Straße. Der Rest von der Familie ist auch da. An den Bäumen hängen überall Zettel für den Toten. Ich erkenne ihn nicht auf dem Foto. Es gibt viel Fleisch und viele Süßigkeiten. Für die Erwachsenen gibt es Kaffee und Schnaps. Für die Kinder gibt es Fanta und Coca-Cola. Alle haben schwarze Sachen an. Die Familie stellt sich in zwei Reihen auf. Ganz viele Menschen kommen auf den Hof und gehen an der Familie vorbei. Sie geben jedem die Hand und sagen was. Die Besucher verschwinden in dem Zimmer, in dem der Tote liegt. Ein Mann kommt auf den Hof von dem toten Verwandten. Der Mann verschwindet hinter einem Stall. Der Mann kommt wieder hervor und trägt jetzt so einen Umhang wie der Priester in der Kirche. Die Kinder müssen Ministranten sein. Der Bruder ist Ministrant.
Ich sitze auf der Mauer am Schweinestall. Ich esse Wassermelone und Salami. Ich höre die Stimme von dem Priester. Ich höre das Geheule von den Verwandten und bekomme ein ganz komisches Gefühl im Bauch. Ich höre, wie einer die

Nägel in den Sarg kloppt. Der Bruder kommt aus dem Zimmer von dem Toten raus. Er trägt ein Kreuz. Hinter ihm gehen die anderen Kinder und gucken auf den Boden. Dann kommt der Sarg. Auf dem Sarg liegt die Fahne. Der Tote wird zum Friedhof getragen.
Ich bleibe einfach auf der Mauer sitzen. Ich esse Melone. Die Kerne spucke ich in die Hand. Ich werfe die Kerne und die Schale in den Trog für die Schweine. Wenn ich selbst in den Trog springe, essen die Schweine mich auf. Die Schweine essen alles auf. Das kannst du mir glauben. Ich probiere das aus.
Die Oma bringt mich nach Hause. Eine von den Cousinen kommt mit. Wir machen Mittagsschlaf. Wir legen uns in ein Bett. Die Cousine streichelt mich.
Ich sage: Bitte hör auf.
Wir schlafen ein. Wir schlafen in dem neuen Zimmer, das im letzten Jahr von dem Onkel auf das Haus draufgebaut wird. Als wir aufwachen, ist es dunkel. Die Cousine und ich gehen die Treppe am Haus runter. Die Cousine hält sich an mir fest.
Sie sagt: Ich will auch eine Rückenspinne.
Die Männer stellen den Gartentisch ins Schlafzimmer von der Oma. Die Fenster kleben die mit Pappe zu. Der Fernseher ist an. Die Männer diskutieren irgendwas. Es ist kalt. Die Männer haben Jacken an. Sie trinken Kaffee und Schnaps. Der Bruder sitzt vor dem Fernseher mit dem Cousin. Die spielen Wrestling auf dem Nintendo. Ein paar andere Jungs gucken zu.
Ich gehe mit der Cousine in die Küche. Dort sitzen die Tanten, die anderen Cousinen und ein paar alte Frauen von den Höfen drumrum. Am Fenster lehnt ein großes Brett. Im

Ofen brennt Holz. Hier ist es viel wärmer als bei den Männern. Die Mutter macht mir die Hosenträger auf und zieht mir das Hemd aus. Die Frauen gucken sich die Rückenspinne an. Sie sprechen über meine Geburt. Sie sprechen über Hochzeitskleider. Alle planen jetzt eine Hochzeit. Die Cousinen schminken sich und gucken in die Silberplatten, auf denen die Oma das Essen bringt. Sie haben Nagellack auf den Fingernägeln. Ich frage nach Fanta. Die Cousine malt mir was mit dem Lippenstift auf die Wange. Die Frauen schicken mich zu den Männern.
Die Männer stellen den Ton vom Fernseher ab. Ich frage nach Fanta. Die Männer sind zu laut. Die Oma kommt ins Zimmer. Sie hat einen Krug mit Bier in der Hand. Sie trinkt das Bier aus und gießt mir Fanta in den Krug. Ich trinke die Fanta. Der Onkel gibt dem Cousin eine Ohrfeige. Alle Jungs müssen aus dem Zimmer raus.
Die Oma sagt: Geh du auch mit den anderen mit.
Es ist dunkel. Ich finde die anderen Kinder nicht. Nur der Bruder steht noch auf dem Hof.
Der Bruder sagt: Ist alles in Ordnung?
Ich sage: Gibt es Probleme? Wo sind die anderen Jungs hin?
Der Cousin kommt aus der Scheune und hat ein Gewehr dabei. Er gibt meinem Bruder eine Büchse und da drin klappert es.
Der Bruder sagt: Wir gehen Ratten schießen, du kannst nicht mitkommen.
Ich gehe zu den Frauen in die Küche. Die Mädchen sehen jetzt wirklich aus wie die Frauen. Sie sind schön. Sie malen sich ein Muttermal auf die Wange. Sie schalten das Radio ein und da kommt so ein Lied, das alle Mädchen immer singen. Da geht es um eine völlig verrückte Nacht. Die Cousi-

nen wollen die Sängerin sein und ich soll auch mitmachen. Ich muss der Schlagzeuger sein.
Ich gehe raus und gehe schnell die Treppen hoch zum Schlafzimmer. Ich hole das große Kissen, das unter dem Bett von der Cousine und mir liegt. Es ist rund und sieht aus wie ein Schlagzeug. Ich darf kein Licht anmachen. Ich lege mich auf den Boden und versuche das Kissen vorzuziehen.
Der Junge zieht ein Maschinengewehr unter dem Bett vor. Es ist ein Gewehr, mit dem einer Menschen erschießt. Der Junge kann es nicht hochheben. Er drückt es wieder unter das Bett.
Ich gehe zurück in die Küche. Die Tante gibt mir einen Topf zum Trommeln. Ich stelle den Topf auf den Boden und bekomme zwei Kochlöffel. Ich spiele Schlagzeug. Die Cousinen singen.

In den gleichen Ferien passiert dann aber das hier. Es zwickt in meinen Knien und ich wache früh auf, weil die Oma ein paar Mal in die Küche reinkommt und wieder rausgeht. Ich schlafe jetzt in der Küche. Ich liege auf der ausgebauten Rückbank von dem Bus. Ein paar Tage vorher falle ich nämlich hin und reiße mir die Knie auf. In den Wunden sammelt sich Dreck. Aus meinen Knien eitert es. Ich kann nicht richtig gehen und komme die Treppe nicht mehr rauf. Der Opa schüttet mir Schnaps in die Wunden.
Der Onkel gibt mir ein Fernglas und sagt: Du passt auf den Hof auf.
Ich humple vor das Haus und setze mich auf die Stufen, die hoch zu den neuen Zimmern gehen. Die Oma ist auf dem Hof. Ich kann sehen, dass die im Stall bei der Kuh ist. Die anderen sind alle auf dem Feld und arbeiten und die kann ich

von hier aus nicht sehen. Ich gucke durch das Fernglas. Die Oma winkt mir zu. Ich winke zurück.
Da ist ein Panzerwagen. Der sieht so aus, wie ich mir immer das Raumschiff aus dem einen Buch vorstelle. Nur kleiner. In dem Buch leben sehr viele Kinder in dem Raumschiff und das hat viele Zimmer. Das hier hat nur ein Zimmer. Oder höchstens zwei. Der Wagen fährt ganz langsam den Weg zu unserem Hof hoch. Das quietscht und rummst ganz schön laut auf den Steinen und Felsen. Die Oma kommt zu mir. Vor dem Gittertor bleibt der Wagen stehen. Einer guckt oben aus der Luke raus. Der trägt einen Helm und eine Sonnenbrille.
Die Oma sagt: Bleib da sitzen.
Die Oma geht auf den Wagen zu und macht das Gittertor auf. Der Mann klettert aus der Luke raus und springt runter. Ich schleiche hinter der Oma her. Der Mann sagt was, aber ich bin zu weit weg und kann das nicht hören.
Ich höre nur, wie die Oma sagt: Wir haben nichts, wir sind arm, mein Jüngster ist tot, wer noch da ist, arbeitet auf dem Feld, wir haben nichts, wir haben gar nichts, der Junge ist krank, lassen Sie uns in Ruhe.
Die Oma drückt mich hinter ihren Rock. Der Mann packt die Oma und zieht sie weg. Der Mann steht vor mir. Der Mann hat noch immer die Sonnenbrille auf und ich kann nicht sehen, wo der überhaupt hinguckt.
Der Mann sagt: Zeig mir dein Haus.
Ich gehe in die Küche. Ich gieße ein Glas voll mit Schnaps. Der Mann trinkt es aus. Ich zeige ihm das Schlafzimmer von der Oma und dem Opa.
Ich sage: Ziehen Sie bitte die Schuhe aus.
Aber der Mann lässt die Stiefel an und spaziert auf dem Tep-

pich rum. Maria, o Maria. Der wirft die Röcke und die Kopftücher vom Bügelbrett und der legt sich sogar auf den Teppich und guckt unters Bett.
Ich sage: Oben sind noch mehr Zimmer.
Ich humple zur Treppe. Der Mann trägt mich nach oben. Ich öffne die Tür zu dem Zimmer, in dem der Onkel mit der Tante schläft. An der Wand hängt jetzt das Gewehr, mit dem der Bruder und der Cousin die Ratten totschießen. Der Mann nimmt das Gewehr mit.
Ich sage: Es gibt noch ein Kinderzimmer.
Ich mache die Tür zu dem Kinderzimmer auf. Der Mann wirft die Matratzen vom Bett. Unter dem Bett von der Cousine und mir liegt jetzt wieder das runde Kissen, mit dem ich Schlagzeug spielen will. Der Mann nimmt ein Messer und schneidet das Kissen auf. Er schüttelt es aus. In der Luft sind viele Federn. Fünf Handgranaten fallen runter auf den Teppich. Der Mann nimmt die Sonnenbrille ab. Seine Stirn ist fettig. Der Mann hat braune Augen. Wie ich.
Der guckt mich an und sagt ganz leise: Verrecken sollt ihr, ihr Missgeburten. Für immer.

DER LETZTE TAG

Der Junge steht auf und geht los. Die Geschäfte sind noch geschlossen. Ein alter Mann öffnet die Tür zu einem Souvenirladen und schiebt einen Ständer mit Postkarten heraus. Der Junge geht auf ihn zu.

»Wir machen erst in zehn Minuten auf, junger Herr.«

Der Junge bleibt stehen und wartet. Als er den Laden betritt, läutet es. Der alte Mann steht hinter einem Tisch, auf dem Schwimmbrillen und Muscheln ausliegen. Er schaut den Jungen lange an und zieht die Augenbrauen zusammen.

»Guten Morgen. Was kann ich für dich tun?«

Der Junge nimmt etwas aus der Plastiktüte, die an seinem Handgelenk baumelt.

Er sagt: »Dieses Heft habe ich vollgeschrieben und nun habe ich kein Papier mehr. Verkaufen Sie mir ein Blatt?«

»Ich kann dir nur einen Schulblock verkaufen. Oder eine Postkarte. Willst du eine Postkarte?«

Der Junge geht raus an den Kartenständer und nimmt sich die erste Postkarte, die er greifen kann. Er legt sie auf den Tisch mit den Schwimmbrillen. Der alte Mann nennt den Preis. Der Junge kramt in seiner Hosentasche.

»Geben Sie mir noch einen Bleistift?«, fragt der Junge.

Als der alte Mann eine Schublade öffnet, um einen Bleistift hervorzuholen, greift der Junge sich die Postkarte vom Tisch und rennt aus dem Laden raus. Der alte Mann ist zu langsam. Er tritt vor sein Geschäft auf die Straße. Der Junge ist nicht mehr zu sehen. Nur ein Hund, der in eine Seitengasse einbiegt.

DIE STADT DER BRÜCKEN

Der Krieg fängt in den Dörfern an. Dort hört er auf. Krieger kontrollieren die letzten zwei Brücken der Stadt. Auf der einen Seite stehen die Mudschis, auf der anderen warten die Kreuzer auf uns. Wir können über die Brücken rüber. Der einbeinige Dschib und ich bekennen uns zu keiner Gruppe, wir bekennen uns zu keiner Religion. Wenn es richtig blöd läuft, bewerfen uns welche von denen mit Steinen. Wir ducken uns schnell weg und gehen weiter. Auf beiden Seiten rufen uns die Menschen Flüche nach.

Der Fluss ist grün, und wenn ich ihn mir anschaue, habe ich manchmal richtig Lust reinzuspringen. Nur das mit dem Schwimmen ist eine von den Sachen, die ich wirklich nicht kann. Alle mögen diesen Fluss. Das ist schon immer so. Von der Stadt erkenne ich gar nichts mehr. Oft muss ich mit dem einbeinigen Dschib zusammen durch die Straßen ziehen, bis ich weiß, wo was ist.

Der einbeinige Dschib sagt: Jeder Garten ist jetzt ein Friedhof. Wenn du dir die Friedhöfe merkst, weißt du, auf welcher Seite und in welcher Straße du bist.

Und der sagt: Wenn du gar nicht mehr weißt, wo rechts und links ist, schau hoch zu den Bergen.

Der Große Kampf ist vorbei. Nur manchmal hören wir eine Explosion, manchmal schießt noch einer.

Der einbeinige Dschib sagt: Wer tot ist, ist tot. Wer lebt, lebt. Der einbeinige Dschib sieht so alt aus wie der Opa, aber in Wahrheit ist der bestimmt nur ein paar Jahre älter als ich. Er erzählt nicht viel von sich und ich frage auch gar nicht nach. Ich weiß nur, dass der sich mit seiner riesigen Dschibsfamilie

in die Berge zurückzieht. Die leben da in einer Höhle wie die Affen und fressen Ungeziefer. Aber dann kommen die Krieger da hoch und verminen den Berg und jagen die Familie zurück ins Tal. Und dann ist der einbeinige Dschib irgendwann allein. Der einbeinige Dschib sammelt Geschosse, Raketenteile und Schießpulver.
Der einbeinige Dschib kämpft gegen alle und sagt: Die Sniper schießen immer genau an mir vorbei. Das machen die mit Absicht, das machen die nur mit uns Dschibs. Statt dass die mich einfach mal abknallen.

Wir gehen an aufgetürmten Sandsäcken vorbei. Der Sand kommt aus der Wüste. Das ist die Wüste, in die der Vater fliegt, kilometertiefe Löcher bohrt und das versteinerte Stück Holz findet. Wir sind am Westufer, hier ist die Front. Eine ganze Menge Schutt liegt hier rum. Ein Haus kommt mir bekannt vor. Früher ist da eine Bank drin und jetzt ist es ein ausgebrannter Klotz. Groß und hohl. Da ist nichts mehr drin. Nur der Schacht vom Fahrstuhl. Wenn hier einer alle Steine und Brocken wegräumt, ist auf jeden Fall viel Platz am Fluss. Aber da muss auch erst mal einer mit anfangen.
Zwei Frauen stehen hinter großen Töpfen und verteilen Polenta mit Speck und heißem Wasser. Jeder bekommt eine Kelle in eine kleine Plastikschüssel und da drin wird alles zu einer Suppe. Wir bringen tiefe Teller mit. Wir wollen sauberes Besteck. Vor uns in der Schlange steht eine Frau, die ein Nachthemd anhat. Darunter trägt die eine Trainingshose. Ein Mann hält zwei Regenschirme in der Hand und bietet die uns an. Im Sommer will die keiner und wir können sie günstig bekommen. Wir stehen an. Wir essen die Polenta.

Wir lassen uns nicht auf das Geschäft mit den Regenschirmen ein. Wir gehen zum Flussufer und waschen die Teller aus.
Der einbeinige Dschib sagt: Es ist gar nicht lange her, da beobachte ich hier eine Frau, die Wäsche für ihre Kinder im Fluss saubermacht. Ich stehe auf diesem Felsen und lauere ihr auf. Ich warte auf den richtigen Moment. Ich will eine Hose. Der Sniper sitzt da drüben in der Schule und die Kugel geht direkt durch den Kopf von der Frau und erwischt mich. Hier an der Schulter, siehst du das?
Wir gehen weiter am Ufer entlang. An manchen Stellen gucken große Steinbrocken aus dem Wasser. Das sind die Brücken, die im Fluss liegen. Auch die älteste Brücke ist im Wasser. Immer schon springen Jungen in unserem Alter von der alten Brücke. Das ist Tradition. Es gibt sogar Kinofilme über die Springer aus der Stadt. Der Fluss ist sehr kalt und im Sommer findet ein Wettbewerb statt. Der schönste Sprung gewinnt. Jedes Kind muss alles über die alte Brücke wissen. Ich kann alles auswendig aufsagen. Die Steine für die Brücke kommen aus einem Steinbruch außerhalb der Stadt. In einem Spitzbogen zieht sich die alte Brücke von einem Ufer zum anderen und ist an ihrem höchsten Punkt neunzehn Meter über dem Fluss. Damit das alles hält, schmieren die Honig und Eier zwischen die Steine. Die alte Brücke bedeutet so viel mehr als dein Leben. Alle Kriege übersteht sie. Niemals traut sich einer, die alte Brücke zu sprengen. Ein paar Betrunkene feuern von dem Berg da oben Granaten auf die alte Brücke. Eine nach der anderen. Das dauert fünf Tage. Die alte Brücke steht fünf Tage lang. Dann klappt die zusammen wie ein Lamm, dem du die Kehle durchschneidest.

Der einbeinige Dschib sagt: Die Mudschis und die Kreuzer schieben sich das gegenseitig in die Schuhe.
Ein reicher Sultan baut die alte Brücke auf. Ein betrunkener Kommandant schießt die kaputt. Als die alte Brücke einstürzt, beten wir in der Gemeinschaft von den Söhnen Marias zur Königin des Friedens. Maria, o Maria.
Der einbeinige Dschib sagt: Der Große Kampf ist vorbei und nur der Fluss ist noch da. Der nimmt die Toten und trägt die mit ihren Geschichten raus aus der Stadt. Der trägt die alle bis ins Meer.
Manchmal spricht der einbeinige Dschib im Schlaf. Und dann faselt der auch immer irgendwas vom Meer und von den Toten und von den Geschichten. Hast du davon schon mal was gehört?
Zuerst kämpfen die Mudschis zusammen mit den Kreuzern gegen die Krieger in den Bergen. Als die tot sind, kämpfen die Kreuzer gegen die Mudschis, weil die Kreuzer die Stadt jetzt für sich allein haben wollen. Die Kreuzer haben mehr Panzer und mehr Maschinengewehre als die Mudschis, und die Kreuzer wollen die Mudschis richtig ausräuchern. Nicht alle sterben. Irgendwann ist aber die ganze Stadt kaputt und keiner weiß mehr, worauf er überhaupt schießen soll. Also schießen sie weiter in die kaputten Häuser. Vom Ostufer aufs Westufer, vom Westufer aufs Ostufer. Dann kommen die Krieger aus den anderen Ländern. Die bringen die besten und meisten Waffen mit und keiner darf die abschießen. Die Kreuzer und die Mudschis besaufen sich jetzt einfach nur noch und schießen in den Himmel oder in den Fluss.
Der Große Kampf ist in den Dörfern. In den Dörfern sind die entscheidenden Schlachten. Da teilen sich die Gebiete auf. Was sich sonst abspielt, kann ich dir nicht sagen. Wie

viele Menschen überhaupt noch in der Stadt sind, weiß ich auch nicht. Jeden Tag sind es mehr, die aus ihren Löchern kriechen. Alles, was ich weiß, habe ich vom einbeinigen Dschib. Der glaubt, dass nicht mal die Hälfte von allen Menschen hier am Leben ist. Aber der glaubt auch, dass jetzt ganz viele Menschen aus den Dörfern in die Stadt kommen, weil die aus ihren Dörfern rausgeschmissen werden. Wir müssen uns vorbereiten.

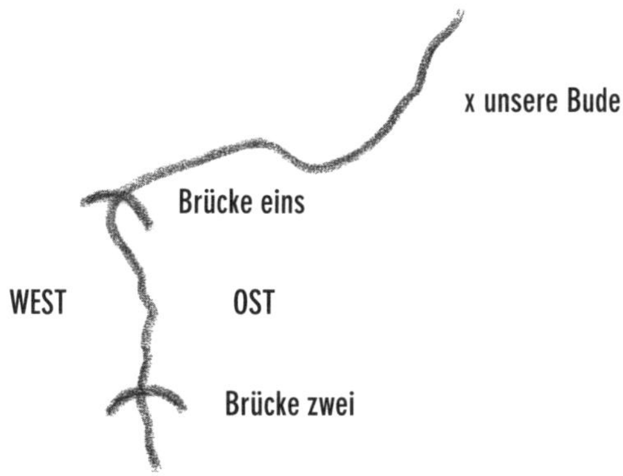

Von Brücke eins zu Brücke zwei brauche ich zusammen mit dem einbeinigen Dschib ziemlich lang. Allein schaffe ich den Weg bestimmt in der Hälfte der Zeit. Gehen wir von unserer Bude zur Suppenausgabe, brauchen wir sogar fast doppelt so lang wie von Brücke eins zu Brücke zwei. Wir gehen über Brücke eins und gehen durch die kaputten Straßen am Westufer. Wir essen die Suppe, waschen unsere Teller im Fluss, gehen zurück bis Brücke eins und zeigen wieder unsere Karten vor. Die Karten bekommen wir letzte Woche von den Frauen bei den Suppentöpfen.

Auf meiner Karte steht: Vorname: Viktor. Familienname:

unbekannt. Geburtsort: Dorf der Glücklichen. Geburtstag: unbekannt. Religionszugehörigkeit: ohne Bekenntnis. Angehörige: unbekannt. Wohnsitz: Stadt der Brücken. Zustand: Krümmung der Halswirbelsäule, Brandwunden an Schultern und Füßen, Druckgeschwür am unteren Rücken, massiver Zahnverlust. Behandlung: –. Versorgung: Anspruch auf Nahrungsausgabe für eine Person.
Ich will wissen, was auf der Karte vom einbeinigen Dschib steht, aber der sagt: Denk dir einfach was aus.
Wir gehen am ersten Friedhof links, am zweiten rechts, wir lassen fünf Friedhöfe rechts und links liegen und biegen am sechsten wieder links ab. Kleine Holzplatten stecken überall im Boden, aufgemalte Sterne, ein Halbmond, aufgemalte Kreuze, Geburtstage, Todestage, unser Held.
Früher wohne ich in den Baracken rechts vom Fluss. Der einbeinige Dschib kennt die nicht. Wir finden die Baracken auch nicht wieder. Wir haben keine Nachbarn. Als wir zum ersten Mal von der Suppe zurückgehen, ist der Tag fast vorbei und es ist noch immer sehr heiß. Der einbeinige Dschib hat eine neue Krücke. Eine Eisenstange. Er kommt nur sehr langsam vorwärts. Die Sonne brennt in das Tal. Es ist, wie wenn wir durch einen Kochtopf kriechen. Ich habe die Trainingsjacke vom einbeinigen Dschib an. Die Wunden sind nicht in der Sonne. Nur der Stoff reibt sich in das Fleisch.
Der einbeinige Dschib sagt: Zu Hause gebe ich dir deine Sachen zurück.
Ich sage: Du hast die Sachen aus dem Paket?
Der einbeinige Dschib sagt: Den komischen Würfel und dieses Stück Holz.
Ich sage: Und das Foto? Das Radio?
Der einbeinige Dschib sagt: Das Foto kannst du auch haben.

Ich schneide das Hemd vom einbeinigen Dschib auf und taste ihn ab. Ich finde nichts. Ich weiß nicht, wie und wann der einbeinige Dschib meine Sachen aus dem Fluss fischt. Der einbeinige Dschib hat die Kraft von einem Zauberer. Und mit seinem komischen Gefasel und dem ganzen Quatsch ist der mir manchmal richtig unheimlich. Der glaubt auch an Hexen.
In der Bude wartet der Hund auf uns. Endlich gebe ich ihm einen Namen. Ich nenne ihn Tango. Er haut ab und taucht wieder auf. Nichts und keiner kann Tango töten. Tango jagt Ratten in zerstörten Kirchen und Moscheen auf beiden Seiten vom Fluss. Manchmal laufe ich ihm zufällig über den Weg. Tango beachtet mich dann gar nicht. In den Kirchen wohnen Ratten. In den Kellern gibt es viele Säcke mit Essen, an die nach der Bombardierung kein Mensch mehr rankommt. Nur die Tiere finden die Wege. Die Ratten haben dort ihre Nester. Manchmal kommen die Ratten auch in unsere Bude und Tango tötet sie. Manchmal bringt Tango sogar einen Hasen mit. Wir wissen nicht, wo er die Hasen findet. Es ist völlig sinnlos, dass wir sie suchen.

ABER ICH WILL DIR DOCH VON DEN ELEFANTEN ERZÄHLEN

Morgens wird der Junge eingeschult und abends sagt der Mann im Fernsehen: Das Land aller Völker gibt es nicht mehr. Die Mutter gibt mir die Schultüte mit den Süßigkeiten und der Onkel kommt mit zwei Cousinen aus dem Dorf der Glücklichen zu Besuch. Die Mutter cremt mich mit der Salbe ein. Wir gehen zur Schule. Der Bruder kommt auch mit, weil der sowieso da hinmuss.

Das Fest ist in der Bibliothek. Die Frauen, die die Bücher verleihen, winken mir zu. Ich fummle an meiner Schultüte rum und winke nicht zurück. Ein paar Schüler singen ein Lied über die Heimat. Ein dicker Mann ruft Namen auf. Die erste Klasse ist fertig und heißt A. Ein paar Männer machen Fotos. Der dicke Mann sagt meinen Namen. Die Mutter schubst mich vor. Ich gehe zu dem dicken Mann.

Der beugt sich zu mir runter und sagt mir was ins Ohr: Du musst dich nicht fürchten.

Ich warte, bis die Klasse fertig ist. Wir heißen B. Die anderen Kinder kennen sich vom Gärtchen. Ich erzähle dem Mädchen neben mir, dass die Mutter ein großes Messer zum Fleischschneiden hat. Sie weint. Ich nehme die in den Arm. Der Onkel macht ein Foto. Die Klasse B geht in das Klassenzimmer und die Familie muss auf mich warten. Ich setze mich neben das Mädchen. Der Lehrer ist der dicke Mann, der unsere Namen aufruft. Jeder muss jetzt wieder seinen Namen sagen.

Der Lehrer schreibt das auf und sagt: Ihr seid die Zukunft, ihr seid das Land aller Völker.

Wir antworten: Wir sind das Land aller Völker.
Keiner bringt uns das bei. Wir sagen das einfach so.
Der Lehrer sagt: Und jetzt geht raus, Kinder, geht Hand in Hand.
Wir stellen uns in Zweierreihen auf. Wir verlassen das Schulgebäude, Hand in Hand gehen wir die Treppen runter. Wir singen ein Lied über die Heimat. Die Familien warten draußen auf uns. Der Onkel macht wieder Fotos. Der Bruder ist noch in der Schule und wir warten auf den. Ich jage die Cousinen über den Hof und will die fangen. Die Cousinen sind schneller als ich und jetzt jagen die mich. Die kitzeln mich. Ich lache nicht. Die anderen Familien sind schon weg, als der Bruder aus der Schule rauskommt. Wir gehen zu einem Imbisswagen am Fluss und essen Teigschnecken. Der Bruder und die Cousinen essen die Süßigkeiten aus meiner Tüte. Die Fanta darf ich allein trinken. Dann gehen wir in die Baracken und der Vater ist in der Wohnung, obwohl noch nicht Wochenende ist.
Der Vater sagt: Sie haben uns nach Hause geschickt.
Ich gehe auf den Balkon. Ich kann noch immer nicht über den Sichtschutz gucken. Der Bruder und die Cousinen kommen mit.
Ich sage: Könnt ihr was sehen? Sind da Panzer?
Die Cousinen haben ein Gummiband dabei. Wir gehen hinter das Haus in den Hof zu den Hunden. Die Cousinen spannen das Gummiband von meinen Beinen zur Mülltonne. Die Cousinen machen ein Hüpfspiel. Ich muss stehen bleiben und gucke den Cousinen zu. Gleichzeitig springen die in dem Gummiband rum und das sieht kompliziert aus. Ich stelle mir vor, dass die hinfallen und sich die Knie aufschlagen. Die singen ein Lied. Ich klatsche in die Hände. Der Bru-

der verschwindet zwischen den Häusern und ich kann ihn nicht mehr sehen. Die Cousinen verbieten mir, in die Hände zu klatschen.

Sie sagen: Lass das, Viktor, du bringst uns ja ganz aus dem Rhythmus.

Die Cousinen hören auf, in dem Gummiband rumzuspringen, und ziehen mir das Hemd aus. Sie fassen die Rückenspinne an und kitzeln mich. Dann nehmen sie etwas Sand vom Boden und reiben es mir ins Gesicht.

Sie sagen: Wenn der Kretin so zum Kiosk geht, kann er für jeden von uns vielleicht ein Wassereis umsonst bekommen.

Wir gehen ein paar Häuser weiter zu dem Kiosk, wo mir die Frau manchmal Schokobananen schenkt. Die Cousinen verstecken sich hinter dem Kiosk. Ich kann hören, wie die über den Bruder sprechen.

Die Frau im Kiosk sieht mich und sagt: Was haben die anderen denn wieder mit dir gemacht, Viktor?

Ich sage: Geben Sie mir drei Wassereis?

Die Frau im Kiosk geht an die Kühltruhe und holt das Eis raus. Sie gibt es mir.

Sie sagt: Bringt dir denn keiner bei, wie du dich wehren kannst? Du hast doch zwei Fäuste, mein Junge.

Ich nehme das Eis und haue schnell ab. Die Cousinen rennen mir hinterher. Sie beißen das Eis auf und lutschen es aus. Die Cousinen ziehen mir das Hemd wieder an. Sie spucken in ihre Hände und machen mir das Gesicht sauber. Wir gehen zurück ins Haus. Es gibt was zu essen. Wir sagen nichts.

Der Bruder kommt zurück. Der bringt einen anderen Jungen mit. Der ist auch aus unserem Haus. Die beiden sitzen über ihren Tellern und mampfen vor sich hin. Mehrmals

wollen die einen Nachschlag. Der Fernseher ist an. Da fährt ein Panzer in ein Dorf rein. Aber sonst passiert gar nichts.
Der Vater sagt: Das müssen wir alles wieder aufbauen.
Der Vater und der Onkel diskutieren. Die Mutter gibt uns Papier zum Malen und räumt das Essen ab. Wir malen die Panzer aus dem Fernsehen. Wir malen sie rot und blau an, obwohl die im Fernsehen eher braun sind.
Der Bruder und der Freund sagen: Zu wem gehören wir überhaupt?
Der Vater fragt den Freund nach seinem Namen und sagt: Macht euch keine Sorgen.

Aber ich will dir doch von den Elefanten erzählen. In der Schule lernen wir das Alphabet. In der Schule lernen wir die Zahlen. Schon immer kann ich zählen. Ich setze mich zu Hause an den Küchentisch und zähle bis an das Ende. Ich muss das jeden Tag machen.
Ich frage die Mutter: Was kommt nach Tausend?
Ich frage die Mutter: Was kommt nach Hunderttausend? Was kommt nach Einemillion?
Die Mutter sagt: Viktor, hör auf damit.
In der Schule erklärt mir ein Junge das Bumsen.
Der sagt: Wir alle sind Samen.
Aber welcher Junge ist denn auf der Welt, wenn ein anderer Samen mit einer Schinkengabel ins Dorf der Glücklichen geboren wird? Die Mutter weiß keine Antwort. Der Bruder auch nicht.
Der Bruder sagt: Du bist doch da, Viktor, du bist doch immer da.
Der Vater ist jetzt auch immer da. Der kann nicht mehr auf die Baustelle gehen, weil die erst alles kaputtmachen müs-

sen. Der Vater sitzt in der Wohnung, wenn der Bruder und ich in die Schule gehen.
Der Vater guckt Fernsehen und sagt: Sei still, Viktor.
Dann bekommt der Vater eine Uniform vom Militär und geht kämpfen. Wir machen Fotos vom Vater und stellen die in die Küche und ins Wohnzimmer. Der Vater ist ein guter Krieger. Vor dem Haus steht der. Der trägt die Uniform und hält das Maschinengewehr vor der Brust. Der Vater erklärt mir das Gewehr. Das Gewehr wiegt viele Kilogramm. Der Junge wiegt 20,2 Kilogramm. Der Vater gibt dem Gewehr einen Namen. Es heißt Fibovier. Fiboeins, Fibozwei und Fibodrei haben die Brüder von dem Vater. Die Fibos sind schlau. Du kannst einstellen, wie weit die schießen sollen. Wenn starker Wind ist, kannst du dem Gewehr sagen, von wo der Wind kommt.
Der Vater nimmt eine Patrone aus Fibovier raus. Ich darf die Patrone in die Hand nehmen. Du kannst die auseinanderziehen. Die Patrone besteht aus einem spitzen Eisenteil und einer Hülse. In der Hülse ist das Schießpulver. Wenn du die Patrone auseinanderziehst, kannst du das Schießpulver aus der Hülse auf den Boden schütten und anzünden. Der Haufen explodiert. Maria, o Maria.
Der Bruder bekommt die Eisenspitze. Der Junge bekommt die Hülse. Wenn ich ins Bett gehe, nehme ich die Hülse aus Fibovier in die Hand und mache eine Faust. Wenn ich in der Schule bin, rieche ich an der Hand und stelle mir den Vater vor, wie der mit Fibovier die Menschen erschießt. Ich wasche die Hände nicht.
Der Vater ist der gute Krieger und Fibovier ist das gute Gewehr. Mit Fibovier erschießt der Vater viele Menschen, die ihn auch erschießen wollen. Der Vater ist schneller als die

anderen. Der Vater kann Menschen erschießen, die noch gar nicht wissen, dass der Vater die schon sieht. Lange Zeit kann ich selbst den Vater nicht sehen. Aber als das Telefon noch funktioniert, ruft der immer am Tag nach dem Sportunterricht die Mutter an. Der Bruder und ich schlafen da schon und schleichen an die Zimmertür und versuchen was zu verstehen. Wir hören nur die Antworten von der Mutter.
Ich glaube, der Vater erzählt, wie viele Menschen er erschießt und dass er auch Tiere erschießt, wenn keine Menschen zum Erschießen da sind. Der Vater erzählt von den Kriegern aus den anderen Ländern, in denen er schon auf der Baustelle arbeitet. Die kommen extra hierher und kämpfen mit dem Vater. Die beiden Männer mit den kaputten Knien und dem Turban kommen auch. Die sind ihm alle sehr dankbar für die vielen Brunnen, die der denen baut. Die Krieger aus den anderen Ländern wollen, dass der Vater den Großen Kampf gewinnt. Ganz viele Wüstenmenschen kommen und kämpfen mit dem Vater. Die haben Sand in den Hosentaschen und der Vater darf ihn in die Hand nehmen und denkt an das versteinerte Stück Holz, das er da beim Bohren findet, als er in der Wüste arbeitet. Der Vater bohrt den Menschen in der Wüste tiefe Löcher, damit die auch einen Brunnen haben, wie auf dem Hof von der Oma und dem Opa. In der Wüste kannst du aber nicht mit Dynamit arbeiten. In der Wüste musst du Löcher bohren.

Aber ich will dir doch von den Elefanten erzählen. Zum ersten Mal im Leben sehe ich die Elefanten. Mit der Schule gehen wir in den Zoo und da gibt es viele Tiere. Wir gehen bei dem Affenpavillon vorbei. Da um die Ecke gibt es auch einen Kiosk, der aussieht wie ein Pilz. Aber wir dürfen uns kein Eis kaufen. Wir gehen zu den Elefanten. Es gibt vier Elefanten und vor denen bleibe ich stehen. Die Elefanten bleiben vor mir stehen. Der eine Elefant nimmt mit seinem Rüssel viel Stroh vom Boden und rollt das zusammen. Der rollt das ganze Stroh vom Boden auf und schiebt sich das in den Mund. Der andere Elefant streckt den Rüssel zu dem Jungen aus. Zwischen dem Jungen und dem Elefanten ist ein Graben und ein Gitter. Wir können uns nicht berühren. Der kleinste Elefant steht ein bisschen weiter weg bei seiner Mutter und guckt mich an. Ich winke ihm zu. Der kleinste Elefant schwenkt den Kopf und schleudert den Rüssel. Das ist ein Witz. Der Elefant hört nicht auf mit dem Schleudern und ich muss immer weiterlachen. Der Rüssel fliegt von links nach rechts und ich glaube, der kleine Elefant selbst findet das auch einen guten Witz. Dann gehen die Elefanten plötzlich weg. Da hinten ist eine Höhle, da gehen die alle rein. Ich stehe allein vor dem Gitter. Der Lehrer zieht mich weg und bringt mich zu den anderen Kindern zurück.

Wir sind bei den Robben. Die Robbe ist das Bein vom Elefant. Wir sind bei den Schlangen. Die Schlange ist der Rüssel vom Elefant. Wir sind bei den Löwen. Der Löwe ruht sich aus im Bauch vom Elefant. Der Junge ist der Reiter und sitzt auf dem Kopf vom Elefant. Der Elefant sammelt Stroh mit dem Rüssel ein und gibt es dem Jungen nach oben. Der Junge schiebt sich das Stroh in den Mund und haut dem Elefanten zweimal auf den Kopf. Das ist ein Zeichen, das nur der Junge und der Elefant kennen. Der Junge und der Elefant gehen raus aus dem Zoo. Wir stoßen den Zaun um. Die anderen Tiere im Zoo verneigen sich. Die Kinder klatschen in die Hände. Sogar der Lehrer klatscht. Die anderen Elefanten folgen uns.

IN DER B SIND

14 Kreuzerkinder
7 Mudschikinder
3 Bergkinder
1 Dschibskind
6 Kinder, die keine Ahnung haben, wer die sind

SO LEBEN WIR

Als wir von den Schreien wach werden, ist es draußen fast noch dunkel. Das Baby schreit. Ich hebe es vom Boden auf und schüttle es ein wenig. Tango kommt dazu und leckt dem Baby durchs Gesicht. Aber es hört nicht auf mit dem Schreien. Erst als der einbeinige Dschib ein Lied singt. Das ist auch wirklich ein schöner Gesang.
Gestern finden wir das Baby in einem Gebüsch unten am Fluss. Einer legt es da ab. Der einbeinige Dschib will es nicht mitnehmen. Ich trage das Baby dann aber doch zur Schubkarre.
Hinten bei den wilden Gräbern finden wir die Schubkarre. Die ist kaputt, in der Wanne ist ein Loch. Da stecken wir einen Computermonitor rein. Wir schlagen alles aus dem Monitor raus und klemmen ihn genau in das Loch von der Wanne. Das verkeilt sich und wir müssen keine Schrauben benutzen. Da, wo vorher das Glas ist, legen wir ein Brett

drauf. Und da drüber werfen wir ein paar Röcke. Wenn du die Karre siehst, denkst du, der Monitor ist einfach nur die Sitzbank vom einbeinigen Dschib. Aber wir können darin verschiedene Dinge transportieren, ohne dass einer das merkt. Du denkst einfach, dass das der Rollstuhl vom einbeinigen Dschib ist und dass ich der Pfleger bin. Der Reifen von der Schubkarre reißt immer weiter auf, aber wenn du einmal ins Rollen kommst, fährt die Karre fast von allein.
Ich lege das Baby zum einbeinigen Dschib in die Schubkarre. Wir nehmen es mit in unsere Bude. Ich schiebe dem Baby eine Nuss in den Mund, aber das Baby hat gar keine Zähne und spuckt die Nuss wieder aus. Ich mache einen Lumpen nass und versuche dem Baby Wasser in den Mund zu tropfen. Das geht alles daneben und das Baby schreit so lang, bis es einen ganz roten Kopf hat und einfach einschläft.
Jetzt laufe ich durch die Straßen und die Sonne kommt schon fast über den Berg. Der einbeinige Dschib bleibt mit dem Baby in der Bude und passt auf. Tango läuft hinter mir her. In einem Garten drei Straßen weiter sehe ich zwei Frauen vor einem Grab sitzen. Das sind Mütter. Eine von denen stillt ein Baby. Ich gehe da hin.
Ich sage: Unten am Fluss finde ich ein Baby. Es sieht so aus wie das Baby, das Sie im Arm halten.
Die Frauen sagen: Was willst du von uns?
Ich sage: Ich weiß nicht, wie ich das Baby füttern soll. Das Baby schreit. Ich will nicht, dass es tot ist.
Die Frauen sagen: Was willst du von uns?
Ich sage: Ich bringe Ihnen das Baby.
Die Frauen gucken mich an. Sie sagen nichts. Aber die wollen auch nicht, dass das Baby tot ist. Das kann ich sehen. Ich laufe schnell zurück in unsere Bude. Der einbeinige Dschib

singt noch immer. Das Baby ist ganz still. Ich hebe es hoch und dann schreit es wieder. Der einbeinige Dschib kommt mit vors Haus und setzt sich in die Schubkarre. Ich gebe ihm das Baby und dann ist das Baby wieder still. Ich schiebe die Karre drei Straßen weiter zu dem Garten mit den Gräbern. Die zwei Mütter sind nicht da. Ich schiebe die Karre mit dem einbeinigen Dschib und dem Baby vor das Grab, wo die Frauen sitzen. Wir warten.
Der einbeinige Dschib sagt: Das mit dem Baby ist keine gute Idee.
Ich sage: Wir bekommen dafür etwas zu essen.
Der einbeinige Dschib sagt: Das Baby macht nur Probleme.
Ich sage: Nein.
Der einbeinige Dschib will schon weiterziehen und das Baby liegen lassen. Aber dann kommen die Mütter. Die haben eine Plastiktüte dabei und da sind ein paar Tomaten und Feigen und Teeblätter drin. Ich gebe den Müttern das Baby. Die Mütter geben mir die Plastiktüte. Ich lege die in den Monitor und klemme das Holzbrett drauf. Ich fahre den einbeinigen Dschib aus dem Garten raus.

Diese Sachen sammeln wir ein:

x die Pullis
x die Hosen
x die Teeblätter
x die Schuhe
x die Röcke
x die Kopftücher
x das Abflussrohr
x das Geschirr
x den Maschendraht

- x den Zucker
- x die Nüsse
- x die Nägel
- x die Zigarettenstummel
- x den Blumentopf
- x den Kanister für das Wasser
- x den Kanister mit einem Rest Benzin
- x den Schmuck
- x die Markise
- x den Schraubenzieher
- x die Kerze
- x die Granathülsen
- x die Kabel
- x die Kaffeebüchse
- x die Plastiktüten
- x das Schießpulver

Der einbeinige Dschib raucht viel. Immer wieder zieht der sich eine Zigarette vom Stumpf. Da bindet er sich eine Schachtel fest und in der sammelt er alles, was er auf dem Boden findet und rauchen kann. Vor allem Stummel, von denen er noch ein oder zwei Züge machen kann. Auch ich fange an zu rauchen. Alles müssen wir teilen. Jeder von uns hat ein Zippo. Wenn es nicht mehr zündet, nehmen wir die Watte aus dem Feuerzeug raus und tunken sie kurz in den Benzinkanister. Dann funktioniert es wieder.

Wir haben nicht viel Zeit. Wir gehen kurz nach Hause und sortieren die neuen Dinge auf die Haufen in unserem Zimmer. Tomaten und Feigen kommen zu den Nüssen. Die Teeblätter in die Kaffeebüchse.

Wir haben nicht viel Zeit. Wir müssen uns die Suppen ho-

len. Die Krieger am Kontrollpunkt von Brücke eins lassen uns durch. Unsere Karten wollen die nicht sehen. Wir sagen nichts. Wir wollen keinen Ärger machen.
An anderen Tagen verscheuchen die uns und rufen: Mrrsch, mrrsch!
Dann müssen wir den Umweg über Brücke zwei nehmen. Die Suppenausgabe wird jetzt strenger kontrolliert. Die Krieger aus den anderen Ländern stehen vor den Frauen, die das Essen verteilen. Es ist den Kriegern nicht erlaubt, die Menschen totzuschießen, und das weiß jeder. Wenn es Streit gibt, schießen die Krieger in den Himmel. Dass die da rumstehen, ist also nicht gefährlich. Der einbeinige Dschib holt das Salz aus der Hosentasche und streut es über unsere Teller. Ich spüle unsere Teller am Flussufer aus.
Ich schiebe den einbeinigen Dschib mit der Schubkarre bis zu Brücke zwei. Ein alter Mann kommt uns entgegen. Wir nicken ihm zu. Er verflucht uns. Ich baue den Tisch für den einbeinigen Dschib auf. Wir trennen uns. Die Schubkarre nehme ich mit. Der einbeinige Dschib macht Hütchenspiele mit betrunkenen Kriegern, die nichts zu tun haben. Er hat immer den Revolver dabei. Er kann nicht wegrennen. Wenn er angegriffen wird, schießt der einbeinige Dschib.
Einmal hole ich den einbeinigen Dschib ab und der liegt auf dem Boden und die Krücke hängt in dem verbrannten Baum. Ein anderes Mal tätowieren ihm mehrere Krieger ein Herz auf die Stelle vom Körper, wo drunter das Herz ist, und die Tätowierung entzündet sich so sehr, dass es so aussieht, wie wenn der einbeinige Dschib dort eine Verbrennung hat. Ich habe keine Waffen dabei. Nur das Taschenmesser unter der Rückenspinne. Ich gehe vor das ausgebrannte Kaufhaus am Fluss und setze mich mit dem Zauberwürfel in die

Schubkarre. Ich sitze im Schatten von zwei umgestürzten Sattelschleppern, die die Straße blockieren. Fast keiner traut sich hierher und ich habe meine Ruhe. Die bunten Dinger von dem Würfel fallen ab. Ich klebe da Zettel drauf und schreibe die Farbe hin, die dort ist. Ich muss diese Dinger verschieben. Manchmal kommt es mir so vor, wie wenn das Spiel überhaupt keine Lösung hat. Und manchmal habe ich das Gefühl, ich ratsch noch dreimal rum und dann habe ich es. Aber ich bekomme es einfach nicht hin.

Ich muss durch die Straßen ziehen, in die sich keiner mehr traut. Ich muss alles einsammeln, was der einbeinige Dschib für uns gebrauchen kann. Ich soll vor allem Geschosse und Raketenteile suchen. Ich muss aufpassen. Es kann immer sein, dass da noch was in die Luft fliegt, wenn ich das anfasse. Ich verstecke mich hinter einer Mauer. Dann schmeiße ich ein paar Steine auf das Metall und gucke, was passiert. Wenn ich nicht so weit werfen kann, gehe ich mit der Schubkarre hin und kippe die um und verstecke mich hinter der Karre. Wenn ich dann so ein Teil habe, gucke ich mir das ganz genau an. Oder ich finde vielleicht eine Patrone. Da drin ist noch das Schießpulver. Ich mache die Patrone auf und schütte das Pulver in eine Plastiktüte. Ich lege alles in die Schubkarre. Pulver, Hülsen, Eisenkappen, Reste von einem Geschoss. Wir sammeln das alles ein. In unserer Bude haben wir ein großes Lager.
Als ich hier jetzt aber so in der Schubkarre sitze und versuche den Zauberwürfel zu lösen, steht plötzlich ein Mann vor mir.
Der Mann sagt: Da bist du ja!
Ich denke mir schon, dass der mir nur Angst machen will.

Ich schaue ihn an und sage gar nichts.
Der Mann sagt: Jeder kennt das Foto von dir und dem Krüppel in der Schubkarre, der diesen Hund im Arm hält.
Ich frage mich, wie ich schnell ans Taschenmesser komme, und sage: Lassen Sie Tango in Ruhe.
Der Mann zeigt mir einen großen Kasten und sagt: Das hier ist eine Videokamera, ich mache dir nichts.
Er hat eine von diesen Westen an. Der kommt auf jeden Fall aus einem anderen Land, aber ich kann trotzdem verstehen, was er sagt. Der spricht die gleiche Sprache wie ich.
Er sagt: Ich gebe dir was zu essen, wenn ich dich filmen darf.
Der Mann geht mit mir zum Fluss. Dahin, wo früher mal die alte Brücke steht. Der Mann bietet mir an, mit mir in das einzige Restaurant in der Stadt zu gehen, wenn ich in dem Film mitspiele. Ich spiele in dem Film mit, den der Mann dreht. Ich spiele auch in einem anderen Film mit. Das ist schon lange her und nur die Verwandten sprechen in die Kamera. Aber das erzähle ich dir später. Jetzt geht es um den Jungen und der Junge soll in die Kamera sprechen. Der Junge parkt die Schubkarre vor der alten Steinmauer am Fluss. Von hier aus kann der Mann den Jungen, die Schubkarre, die Mauer und den Fluss mit den abgebrochenen Resten von der alten Brücke filmen. Der Mann will, dass ich das Unterhemd ausziehe. Der Mann hebt den Daumen.
Der Junge sagt: Ich habe nichts zu essen, ich habe keine Familie.
Der Junge weint.
Der Junge sagt: Ich bin ganz allein.
Der Junge weint.
Der Junge sagt: Ich wünsche mir immer, von dieser Brücke zu springen, wie die großen Jungs.

Der Junge guckt zum Fluss.
Der Junge sagt: Dann musst du das Geld einsammeln und alle klatschen für dich.
Der Mann schwenkt die Kamera auf den Fluss. Die Reste von der alten Brücke gucken aus dem Wasser raus. Am Berg mit dem Jesuskreuz und dem verrosteten Panzer explodiert eine Mine. Der Knall hallt durch das ganze Tal.
Der Mann sagt: Perfekt.
Ich sage: Können wir jetzt gehen?

Das Restaurant ist im Hotel Vegas und der Mann muss dafür bezahlen, dass ich die Schubkarre mit reinnehmen darf. Der Mann bezahlt alles. In dem Hotel sind noch mehr Männer aus den anderen Ländern. Ich esse Fleischspieße und Teigschnecken und die Männer machen Fotos von mir. Ich trinke eine Fanta und bekomme noch eine Silberplatte mit gebratenen Kartoffeln. Ich kann das alles gar nicht aufessen. Der Mann, der den Film mit mir dreht, sitzt die ganze Zeit mit mir am Tisch. Der isst nichts. Der guckt mir zu, wie ich esse. Manchmal lacht er. Ich lache dann einfach auch.
Ich stehe von dem Tisch auf. Ich schiebe mir noch eine Kartoffel in den Mund, werfe das Geschirr in die Schubkarre und dränge mich durch die anderen Männer. Erst zwei Straßen später kann ich sie abschütteln. Die trauen sich nicht weiterzugehen. Die haben Angst. Ich schiebe die Schubkarre im Zickzack durch die Frontlinie. Ich weiß, wo die gefährlichen Stellen sind.
Ich gehe zu Brücke zwei und hole den einbeinigen Dschib ab. Ich klappe den Tisch zusammen und lege ihn in die Schubkarre. Ich schiebe den einbeinigen Dschib zu unserer Bude. Wir breiten unseren Gewinn auf dem Boden aus. Der

einbeinige Dschib knackt ein paar Nüsse und beißt in eine Tomate. Er zieht sich eine Zigarette vom Stumpf und zündet die an.
Er sagt: Gut, dass wenigstens du satt bist, Krüppel.
Ich schaue ihn nicht an. Ich nicke.
Ich sage: Ein Teller, eine Silberplatte, zwei Gabeln mit Gravur Vegas, zwei Messer mit Gravur Vegas, ein Glas mit der Aufschrift Vegas, eine Halskette mit Ehering, ein bisschen Schießpulver, zwei Hülsen, zwei Eisenkappen.
Der einbeinige Dschib zieht eine Goldkette vom Stumpf und wirft die in die Mitte. Wir legen das Geschirr zu dem anderen Geschirr, die Ketten zu dem Schmuck.

Unsere Bude hat ein Zimmer, das nicht völlig ausbrennt. Da leben wir. In der Decke ist ein Loch und die Fenster sind ausgeschlagen. Wir nageln Plastikplanen an die Fensterrahmen. Wir legen einen Teil vom Zimmer mit Pappe und alten Zeitungen aus, die wir in der Nachbarschaft finden. Hier ruhen wir uns aus. Hier leben wir. Mit der Kleidung, die wir finden, bauen wir uns Kissen und Decken.
Alle zwei Tage macht mir der einbeinige Dschib die Rückenspinne ab. Weil wir keine Salbe haben, streicht er mir einfach nur mit der Hand über den Rücken und macht alles ein bisschen sauber. Seit ich das Unterhemd im Flusswasser wasche, entzünden sich die Wunden nicht mehr. Auf den Schultern ist jetzt die Kruste und es juckt dort.
Der Teil vom Zimmer, den wir nicht mit Pappe auslegen, ist unser Lager. Wir sortieren unseren Gewinn auf verschiedene Haufen. Das Essen stellen wir in den alten Küchenschrank, den wir aus dem anderen Zimmer hier rüberschieben. Die Hülsen, Raketenteile und Schießpulvertüten lagern

wir da nebenan. Das Zimmer dort hat zwei Wände und ein halbes Dach. An manchen Stellen ist die Tapete rosa und es gibt einen kaputten Spiegel. In unserem Zimmer ist eine Parole an der Wand. Nur die Ausrufezeichen können wir entziffern, die Schrift ist uns nicht bekannt.

Bevor wir spät in der Nacht wieder das Haus verlassen, ruhen wir uns aus. Wir legen uns hin. Ich schlafe. Der einbeinige Dschib beobachtet mich und passt auf, dass ich mir nicht die Wunden aufkratze. Ich habe nicht viel Zeit zum Schlafen.

Irgendwann nach Mitternacht sagt der einbeinige Dschib: Wir müssen los.

Es ist stockdunkel. Der einbeinige Dschib geht vor das Haus und setzt sich in die Schubkarre. Ich gebe ihm die Schaufel. Wir bauen die aus einer kleinen Holzlatte und einer alten Waschschale. Von Sonnenuntergang bis Sonnenaufgang ist keiner draußen. Wir sind ganz leise. Die wilden Gräber können überall sein. Wir gehen Richtung Norden. Dort lebt keiner. Nur tagsüber fahren manchmal noch Busse voller Krieger durch. Wir finden das Absperrband von den Soldaten aus den anderen Ländern. Ich muss die Erde wegschaufeln. Der einbeinige Dschib guckt sich um und gibt Bescheid, wenn da einer kommt. Ich muss die Erde schaufeln. Ich ziehe eine Hose aus dem Boden und schüttle die Knochen raus. Ich werfe eine Jacke hoch zum einbeinigen Dschib. Ich ziehe Pullis, Schuhe, Mäntel, Mützen und Pässe aus dem Boden. Ich werfe das alles hoch zum einbeinigen Dschib. Der einbeinige Dschib bleibt bei der Schubkarre stehen und versteckt die schönen Sachen im Monitor. Den Rest legt er daneben in die Wanne. Wir können die Schüsse von den

betrunkenen Kriegern hören. Ich ziehe mich aus dem Bodenloch raus. Der einbeinige Dschib kann mir nicht helfen. Die betrunkenen Krieger schießen nachts von den Dächern in den Himmel und in den Fluss. Ich schaufle das Loch wieder zu. Jeder weiß, dass der Große Kampf vorbei ist.
Wir gehen zurück in unsere Bude. Keiner sieht uns. Wir zünden eine Kerze an. Wir sortieren alles auf die Haufen. Wir finden keinen passenden Schuh für den einbeinigen Dschib. Er legt sich in seine Ecke.
Der einbeinige Dschib sagt: Erzähl mir eine Geschichte.
Ich erzähle die Geschichte von der Geburt von dem Jungen. Das ist die Lieblingsgeschichte vom einbeinigen Dschib. Als der einbeinige Dschib dann schläft, nehme ich mir dieses Heft und den Bleistift.
Ich schreibe das Buch. Ich muss sehr sparsam sein mit den Seiten im Heft. Ich erzähle alles so, wie der Zopf von der Oma unterm Kopftuch aussieht. Diese Geschichte ist mein Leben. Diese Geschichte darf nicht länger sein als das Heft, in das ich reinschreibe. Ich schreibe sie für dich. Ich schreibe sie für den einen, der sie liest. Jede Nacht schreibe ich ein paar Seiten. Oft streiche ich in der nächsten Nacht alles wieder durch und schreibe die Seiten neu zwischen die durchgestrichenen Zeilen. Wenn ich nichts mehr ändern will, stehe ich auf und male für jede Seite einen Elefanten an die Wand, auf die auch schon ein anderer die Parole draufsprüht. Neunundsiebzig Elefanten sind es jetzt und die machen eine Kette von dem Rüssel zu dem Schwanz.
Ich gehe aus dem Zimmer raus und setze mich auf die Mauer zur Straße. Die Steine sind dort so weggesprengt, dass ich mich in ein Loch setzen kann. Ich rauche eine Zigarette. Ich kenne jeden Stein in unserer Straße. In der Bude gegenüber

finden wir die Eisenstange für den einbeinigen Dschib. Die ist von dem Hochbett, das da noch steht. Die Stange passt genau unter den Arm vom einbeinigen Dschib. Wenn ich nachts unsere Straße angucke, kann ich nur die Umrisse von den Häusern sehen. Die sehen aus, wie wenn die gar nicht kaputt sind.

Ich klettere von der Mauer runter und gehe zurück in unser Zimmer. Ich ziehe mich aus. Die Sporthose und das Unterhemd lege ich vor meine Schlafstelle. Wenn es so dunkel ist, ist der einbeinige Dschib ein echter Wüstenmensch. Er ist schwarz. Nur seine Haare schimmern grau. Ich lege mich neben den Wüstenmensch auf den Boden. Die Pappe und die alten Zeitungen sind feucht und kühlen mich. Die Kruste an den Schultern juckt nicht so sehr.

Der Vater ist in der Wüste. Der schläft in Zelten neben den Menschen, für die er tiefe Löcher in die Wüste bohrt. Die Wüstenmenschen bringen ihm viel Essen und erinnern ihn daran zu trinken, wenn er tagelang in seinem Bohrgerät sitzt. Der Bohrkopf hört auf sich zu drehen und ein paar von den Wüstenmenschen klettern kilometertief in die Erde runter, bis es stockfinster ist und sie die Taschenlampen anmachen müssen. Die Wüstenmenschen gucken nach, warum der Vater nicht weiterbohren kann. Die holen einen Schatz aus dem Boden raus. Von oben werfen die Seile in das Loch und ziehen den Schatz hoch in die Wüste und dann ziehen sie auch die Wüstenmenschen wieder hoch, die noch unten im Loch sitzen. Alle freuen sich über den Schatz. Und als keiner hinguckt, greift der Vater in die Truhe rein und steckt sich das versteinerte Holz in die Hosentasche.

Der einbeinige Dschib hustet viel im Schlaf und tagsüber ist der sehr schwach. Manchmal denke ich, dass er kotzen muss, aber er würgt nur einen roten Schleim raus und zündet sich dann eine Zigarette an.
Ich frage ihn: Sollen wir das Krankenhaus suchen? Stirbst du?
Der einbeinige Dschib sagt: Erst wenn ich nicht mehr antworte.
Daran halte ich mich. Ich will ihn auch gar nicht in ein Krankenhaus bringen, weil ich dann bestimmt nur Fragen gestellt bekomme, auf die keiner eine Antwort weiß. Wie heißt dein Freund? Wer bist du? Wo wohnst du? Ich schleppe einfach unsere Plastiktüte mit den Pässen mit, die wir in den wilden Gräbern finden.
Ich schütte alles auf den Boden und sage: Suchen Sie es sich aus.
An Schlaf ist nicht zu denken. Ich stehe auf und ziehe mir die Sporthose und das Unterhemd an. Ich nehme ein paar Teeblätter aus der Kaffeebüchse im Küchenschrank und gehe hinter unsere Bude zur Feuerstelle. Ich kippe was von dem Flusswasser aus dem Kanister in den Topf, mache ein Feuer, bringe das Wasser zum Kochen und werfe die Teeblätter rein. Die Sonne geht auf. Ich gehe wieder zurück ins Haus.
Ich schüttle den einbeinigen Dschib und sage: Wach auf.
Ich nehme die Krücke vom Boden und haue dem einbeinigen Dschib auf sein Bein.
Ich sage noch einmal etwas lauter: Jetzt wach endlich auf!

DER LETZTE TAG

Der Junge geht Richtung Hafen. Als er die alten Fischer sieht, die bereits ihre Netze ausgeworfen haben und ihre Holzboote wieder an den Pflöcken festmachen, bleibt er stehen und verschwindet kurz darauf in einer Gasse. In der Ferne sind Sirenen zu hören. Der Junge setzt sich in einen Hauseingang. Er legt die Postkarte zu dem Heft in der Plastiktüte. Er streichelt den Hund. Still bleibt er so sitzen und rührt sich nicht. Der Junge und der Hund schauen sich in die Augen.

DAS HAT DER JUNGE

x die Geisterschminke
x den Geisterkittel
x die Patronenhülse aus Fibovier
x das versteinerte Stück Holz
x das Heft und den Bleistift
x das Taschenmesser
x das Rätselheft
x das Carepaket
x das Messer zum Schneiden von Gulasch
x den Grundig Yacht Boy 500
x das Glas, aus dem nur der Junge trinkt
x die Steinschleuder

x die kleine Rückenspinne
x die große Rückenspinne
x das Foto
x den kleinen Plastikkoffer
x die kleine Holzkiste
x die Packung Kaugummis
x die Ziege im Dorf der Glücklichen mit Namen Viktor
x den Hund mit Namen Tango
x den Zauberwürfel
x das Stück gelbe Plastikschnur
x das Buch Das ist die Geschichte vom Weihnachtsmann
x das Bilderbuch, das so groß ist, dass du zu zweit drauf sitzen kannst
x das Fernglas
x die Schultasche
x die sieben Murmeln
x das Zippo
x die Packung Streichhölzer
x den Brief von der Oma

DIE BARACKEN

Wir haben jetzt das neue Radio. Den Grundig Yacht Boy 500. Der Vater kauft das Radio beim Elektroladen um die Ecke, als er zu Besuch ist. Das Radio funktioniert mit vier Batterien und mit dem Kabel, das auch mit in der Packung ist, als der Vater das Radio auspackt. Das Radio ist so groß wie die Hand von dem Vater und es ist alles digital. Das Radio ist viel besser als der Fernseher. Es macht nämlich kein Licht und wir können es überall mit hinnehmen, ohne dass einer uns entdecken kann, wenn es draußen dunkel ist. Wir können hören, was an der Front passiert, obwohl es so aussieht, wie wenn keiner zu Hause ist. Und du kannst sogar mit beiden Händen trotzdem noch irgendwas anderes machen, weil du dir nämlich das Radio mit einer Schlaufe um den Hals hängen kannst. Ich kann das. Für den Vater ist die Schlaufe zu klein. Der Vater kann sich das Radio nur an die Hand binden.

Der Bruder und der Vater und die Mutter schlafen noch. Ich stehe auf, schleppe einen Stuhl aus der Küche ins Wohnzimmer und nehme mir das Radio aus dem obersten Fach von der Glasvitrine. Da versteckt die Mutter auch immer die Weihnachtsgeschenke. Ich drücke auf dem Radio rum, bis ein Sender kommt, der Musik spielt. Da läuft ein Lied von Queen. Ich kenne das, weil der Bruder mir das Lied auf Kassette vorspielt und wir dazu tanzen. Einmal findet das Radio aber einen Sender, der Musik spielt, die wie Musik aus China klingt. Ich hänge mir das Radio um den Hals und mit den Zeigefingern drücke und ziehe ich an meinen Augen rum, bis ich aussehe wie der Chinese. Als der Vater nur in Unterhose plötzlich auch im Wohnzimmer steht, nimmt der mir das Radio wieder weg und schaltet einen Sender ein, auf dem die ganze Zeit einer spricht.
Der Vater ist dicker geworden, seit er nicht mehr Bauarbeiter ist, sondern Krieger. Er hat jetzt eine Tätowierung. Einen Wolf. Rechts oben auf dem Arm.
Der Vater sagt: Das ist die gute Brigade.

Auf zehn Knöpfen hat der Vater Sender abgespeichert, auf denen den ganzen Tag nur Frauenstimmen reden, und alle fünf Minuten wechselt der Vater den Sender. Solange der Vater wach ist, hängt der sich das Radio an die linke Hand oder hält sich den Kasten ans Ohr und spricht mit keinem. Er hört den Frauen zu, die ihm sagen, wo die Panzer stehen und welche Gruppe welche Dörfer erobert.
In der Stadt der Brücken gibt es drei Gruppen, das ist einfach zu verstehen. Die Kreuzer, die Mudschis und die Bergmenschen. Aber im ganzen Land gibt es noch solche Kreuzer und solche. Oder solche Mudschis und solche. Oder solche Bergmenschen und solche. Die wollen alle was anderes. Wenn die Kreuzer ein Dorf von den Mudschis haben wollen, aber in dem Dorf leben auch ein paar Kreuzer, kann das gut sein, dass die Kreuzer aus dem Dorf zusammen mit den Mudschis kämpfen, weil die nicht wollen, dass die anderen Kreuzer das Dorf einfach so kaputtschießen. Wenn du das verstehen willst, musst du den ganzen Tag Radio hören oder einen Menschen fragen, der den ganzen Tag Radio hört. Deshalb spielen die auch keine Musik mehr. Das ändert sich jeden Tag alles und am nächsten Tag wieder. Wenn du einmal den Anschluss verpasst, ist das, wie wenn ich dir das Buch vorlese, und du denkst nicht mehr mit. Dann verstehst du gar nichts mehr.
Entweder sitzt der Vater in der Küche auf dem Schemel oder er liegt auf dem Sofa im Wohnzimmer rum. Manchmal darf ich mich auf seinen dicken Bauch setzen und mir den Wolf angucken.

Ich darf nicht mit dem Vater sprechen. Auch der Bruder und die Mutter nicht. Durch das Schlüsselloch kann ich einmal sogar sehen, wie der Vater mit dem Radio auf der Toilette hockt und da eine Stunde lang nicht wieder runterkommt. Ich muss aber ganz dringend. Ich kann sehen, wie der Vater die Antenne von dem Radio so weit rausschiebt, dass die schon die Dusche berührt, und die Frauenstimme, die aus dem Radio rausspricht, klingt, wie wenn die neben dem Vater auf dem Klo hockt. Der Empfang rauscht auch nicht wie im Wohnzimmer.

Der Vater ruft: Mach irgendwo draußen!

Ich gehe hinters Haus, wo die Wäschestangen sind und ein paar angekettete Hunde von den Nachbarn. Wenn die Hunde nicht angekettet sind, fressen die dich auf. Wie die Schweine im Dorf der Glücklichen. Nur ein Hund ist anders. Der hat das zottelige Fell. Zu dem Hund kannst du gehen und der lässt sich von dir streicheln oder sich die Haare abschneiden, wenn wieder viel Dreck drin ist. Ich ziehe die Hose runter, gehe in die Hocke und mache da hin, wo auch der Hund hinmacht. Ich fasse mit der Hand in den Wassernapf von dem Hund und mache mich sauber. Ich gehe wieder ins

Haus zurück. Im Flur ist ein neuer Spruch an der Wand und alle sprechen darüber.
Da sprüht einer hin: Das hier ist Kreuzerland.
Und ein anderer schreibt mit Filzstift daneben: Das ist der Hausflur.

An einem anderen Tag gehe ich auf den Balkon. Wenn du auf dem Balkon stehst und nicht nach draußen guckst, sondern zu dem Haus hin, siehst du viele Fenster und die anderen Balkone. Ich gucke mir das an und die Menschen, wie die auf dem Balkon stehen. In dem Haus leben acht Familien, die auch Kreuzer sind. Wie wir. Die anderen zweiundzwanzig Familien gehören zu den Mudschis. Aus den Bergen lebt hier keiner. Vier Balkone rechts von uns und zwei Balkone über uns lebt die Familie von dem Freund von dem Bruder. Die gehören zu den Mudschis. Auch die Mutter ist befreundet mit der Mutter von dem Jungen. Als dann in den Dörfern geschossen wird, treffen die sich nicht mehr. Die Mutter spricht mit dem Vater am Telefon darüber, als der irgendwann mal nachts anruft. Jetzt sitzt die Mutter allein in der Küche.
Ich stehe auf dem Balkon und sage: Da ist die Mutter von dem Mudschijungen.
Die Mutter kommt zu mir auf den Balkon und guckt hoch. Dann geht sie wieder in die Wohnung und ruft einen an. Vom Balkon aus kann ich sehen, wie die andere Mutter in ihre Wohnung geht.
Ich höre, wie die Mutter bei uns am Telefon sagt: Ich bin's. Dann legt sie auf. Es klingelt an unserer Tür und ich renne hin. Ich sehe, wie die Mutter schon die Tür aufmacht, und da steht die Mutter von dem Mudschijungen, die gerade eben

noch vier Balkone rechts von uns und zwei Balkone über uns auf dem Balkon steht.
Den ganzen Tag sitzen die jetzt bei uns im Wohnzimmer und nehmen sich immer wieder in den Arm. Jetzt versprechen die sich, dass ihnen das egal ist mit den Gruppen. Mir ist das aber überhaupt nicht egal. Deshalb kaufen wir doch das neue Radio.
Die Mutter sagt: Viktor, du darfst das keinem erzählen.
Ich erzähle es dem Bruder und der erzählt es dem Vater. Mit einem Filzstift malt der Vater uns einen Wolf auf den Arm, als der das nächste Mal zu Besuch ist. Der Vater verbietet der Mutter, sich mit der anderen Mutter zu treffen. Er haut ihr sogar ins Gesicht. Die Mutter hält sich trotzdem nicht dran. Der Bruder und ich können nicht immer aufpassen, weil wir in der Schule sind, und der Vater ist viel zu selten da, weil er der gute Krieger ist. Nach der Schule stelle ich mich auf den Balkon. Wenn die andere Mutter auch auf ihrem Balkon steht, mache ich mit der Hand einen Revolver, kneife das rechte Auge zu und ziele auf sie.
Ich rufe laut: Ta-ta!
Ich bekomme eine Ohrfeige und die Mutter schließt mich schon wieder in das Zimmer ein.
Ich sage: Das sind Feinde.

In der Schule gibt es nicht viele Feinde, weil in meiner Klasse fast nur noch Kreuzer sind. Wir haben jetzt einen neuen Lehrer. Über der Zimmertür hängt das Wappen von den Kreuzern. Die Schule ist auf der anderen Seite vom Fluss. Da gibt es mehr Kreuzer. Deshalb wechseln die Mudschikinder auch fast alle die Schule. Die gehen jetzt in eine Schule auf der Seite vom Fluss, auf der wir auch in den Baracken leben.

Der Bruder und ich gehen in die richtige Schule. Wir leben nur auf der falschen Seite vom Fluss. Umziehen wollen wir trotzdem nicht, weil die Eltern erst kurz vor der Geburt von dem Jungen hier einziehen.
Immer wenn ich aus dem Haus gehe, sagt die Mutter mir, was ich sagen muss, damit ich nicht auffalle. Wenn ich hier zu dem Bäcker gehe, muss ich nämlich einen Laib kaufen. Wenn ich auf der anderen Seite vom Fluss zu dem Bäcker gehe, muss ich ein Brot kaufen.
Hier sagst du: Guten Tag.
Auf der anderen Seite sagst du: Grüß Gott.
Hier sagst du: Guten Tag, zwei Laibe bitte.
Auf der anderen Seite sagst du: Grüß Gott, zwo Brote bittsehr.
Hier sagst du: Eins, zwei, drei, vier, fünf.
Auf der anderen Seite sagst du: Ens, zwo, dro, vi, fünfe.
Bei den Bergmenschen sagst du sogar: Ans, zwö, drö, vü, finfä.
Wenn du bei dem Bäcker stehst und du kaufst zwei Laibe statt zwo Brote, packt der Bäcker dir zwo vergiftete Brote ein statt zwei gesunde Laibe. Weil der will, dass du stirbst.
Die Mutter verbietet mir draußen zu sprechen. Ich bin zu gefährlich. Die Mutter will nicht, dass der Vater nach Hause kommt, und wir sind alle vergiftet und liegen auf dem Küchenboden rum, wie wenn ein Klebestreifen mit toten Fliegen von der Decke fällt.

Der Große Kampf ist nicht in der Stadt. Der Große Kampf ist in den Dörfern. Dort stehen die Panzer. Mit der Schule gehen wir über den Fluss. Wir gehen rüber zu den Mudschis. Wir sind jetzt zwanzig Kreuzerkinder und der Rest ist

von den anderen Gruppen. Wir gehen über die alte Brücke und kommen zuerst an einer Moschee vorbei und dann an einer Boutique. Eins von den Mudschikindern bleibt stehen. Das Kind sagt: Dort, in dieser Boutique, arbeitet meine Mutter.
Im Schaufenster sind Kleider für die Frauen mit den Kopftüchern, die jetzt heiraten.
Der Lehrer sagt: Alle sofort stehenbleiben!
Wir bleiben alle stehen. Der Lehrer flüstert dem Kind, das zwei Reihen vor mir steht, etwas zu und ich wünsche mir, dass der Lehrer mir das auch zuflüstert. Das Kind geht zu dem Kind, das vor der Boutique stehenbleibt.
Das Kind sagt: Wir gehen erst weiter, wenn du auf das Schaufenster spuckst. Spuckst du nicht auf das Schaufenster, bekommen wir alle eine Strafarbeit.
Der Junge kann drinnen in der Boutique seine Mutter sehen. Wir alle können die Mutter sehen. Die unterhält sich mit einer Frau und mit noch einer Frau, die bestimmt die Mutter von der anderen Frau ist.
Wir alle rufen: Spuck auf das Schaufenster!
Auch das Dschibskind, die Bergkinder und die anderen Mudschikinder rufen: Spuck auf das Schaufenster!
Der Junge guckt uns an.
Wir rufen: Spuck, spuck, spuck!
Die Menschen bleiben stehen. Manche kommen an die Fenster von den Wohnungen, in denen sie leben.
Wir rufen: Spuck! Spuck! Spuck!
Der Junge zieht den ganzen Schleim aus der Nase hoch und rotzt eine riesige Ladung Spucke voll auf das Schaufenster von der Boutique. In Zweierreihen ziehen wir weiter. Hand in Hand gehen wir zu der Schule zurück. Nur der Junge, der

auf das Schaufenster spuckt, muss eine Strafarbeit machen, weil der uns alle so lang vor der Boutique warten lässt. Zusammen mit den anderen Kreuzerkindern singe ich das Gardelied. Seit wir die Gruppen sind, ärgert mich keiner mehr. Die anderen Kreuzerkinder beschützen mich.

Der Vater erzählt mir die Geschichte von dem besten Krieger aus den Baracken. Das ist so: Das Haus neben uns sieht aus wie unser Haus. Alle Häuser sehen hier so aus. Dort wohnt ein Junge, der ist sehr stark. Der ist doppelt so groß wie die anderen Kinder, und wenn der in die Schule geht, trägt er die Schultaschen von allen seinen Freunden. Nachmittags geht der hinter das Haus, wo die Wäschestangen und die angeketteten Hunde sind. Erst jagt der dreißig Fliegen, die er alle mit der Hand einfängt und in eine Plastiktüte wirft. Dann macht der hundert Klimmzüge, schwingt sich auf die Wäschestangen und balanciert darauf wie der Indianer aus dem Film. Der Junge wirft sich mit einem großen Sprung auf einen Hund und kämpft mit dem Hund und die wälzen sich im Dreck, bis keiner mehr erkennen kann, wer der Hund ist und wer der Junge. Der Junge ist so stark, dass der mit seinen Händen das Maul von dem Hund aufreißt, und der Hund will schlucken, wie auch ein Mensch, der schlucken will, aber der Junge macht ihm das Maul einfach nicht mehr zu. In den Armen von dem Jungen pumpen sich die Adern mit Blut voll. Auf den Knien beugt der sich über den Hund und stemmt ihm das Maul eine Stunde lang auseinander. Der Hund röchelt und legt sich auf den Rücken. Der Hund kann nicht mehr bellen und sitzt den ganzen Tag in seinem Haus. Wenn einer vorbeikommt, geht der sofort in sein Haus, und es ist fast so, wie wenn gar kein

Hund mehr da ist in diesem Hundehaus. Dann nimmt der Junge die Tüte und isst alle dreißig Fliegen auf.
Als die ersten Panzer in den Dörfern stehen, sagt der Junge: Mein ganzes Leben habe ich mich darauf vorbereitet.
Obwohl die vom Militär den Jungen erst in zwei Jahren in den Großen Kampf schicken wollen und sogar der Vater noch nicht mal der Krieger ist, geht der Junge in ein Büro und bekommt eine Uniform. Einmal sehen wir den Jungen sogar im Fernsehen und auch du kannst ihn sehen, weil das die Nachrichten sind und keine Videokassette aus unserem Schrank. Der bindet sich ein Tuch um den Kopf, sitzt auf dem Panzer und mit ihm sitzen viele Krieger auf dem Panzer. Die rollen in ein Dorf rein. Alle halten sie in einer Hand ein Maschinengewehr und die andere Hand ballen sie zu einer Faust und strecken die in den Himmel.
Einer ruft ganz laut: Wir sind die Garde!
Alle antworten und rufen: Wir sind die Garde!
Sogar der Bruder ruft das, obwohl der vor dem Fernseher sitzt und ihn da keiner hören kann. Der Vater geht in das Nachbarhaus zu der Mutter. Die Mutter ist sehr stolz auf den Sohn, wie der da auf dem Panzer sitzt und mit der Garde zusammen in die Dörfer kommt. Das ist das letzte Mal, dass einer den Jungen sieht. Der Junge ruft nicht mehr an bei der Mutter. Der Junge kommt nicht nach Hause, als alle anderen nach Hause kommen. Die Mutter zieht jetzt nur noch schwarze Sachen an und betet. Maria, o Maria.
Jeden Tag erinnert die sich daran, was der Junge sagt, als der das letzte Mal unten im Hausflur steht: Solange irgendwo ein paar Jungs unsere Lieder singen, weißt du, liebe Mutter, dass auch ich noch am Leben bin.
Die Mutter geht rum und sagt das allen. Die kommt sogar

bei uns vorbei und sagt das. Ich höre ihr gut zu. Der Junge ist viel älter als ich und ich kenne den gar nicht. Der Vater muss mir erst die ganze Geschichte erzählen, damit ich das verstehe.
Der Vater sagt: Geh raus und sing unsere Lieder.
Ich sage: Die Mutter will nicht, dass ich draußen spreche.
Der Vater sagt: Wir sind die Garde!
Ich sage: Wir sind die Garde!

DER LETZTE TAG

Eine junge Frau tritt aus dem Hauseingang und beinah stolpert sie über den Jungen mit seinem Hund. Sie erschrickt über die magere Gestalt des Jungen, dessen Oberkörper in einem Korsett steckt. Sie zögert kurz, aber dann sagt sie: »Bist du aus der Stadt? Willst du dich ausruhen? Du musst etwas essen.«
Der Junge sagt: »Der Hund ist hungrig. Ich bin es nicht.«
Die Frau nimmt den Jungen und den Hund mit in ihre Wohnung und stellt ihm ein paar Scheiben Weißbrot, etwas Wurst und zwei frische Tomaten auf dem Küchentisch zurecht. Sie zeigt ihm auch das Sofa, falls er sich ausruhen möchte. Dann verlässt sie das Haus erneut und macht ihre Besorgungen.
Als sie einige Zeit später die Wohnung wieder betritt, fällt ihr zuerst der stechende Geruch auf. In der Küchenspüle sieht sie, dass der Junge das Weißbrot und die Tomaten wie-

der ausgebrochen hat. Ein paar Wurstreste sind auf dem Boden verstreut. Neben dem Brotkorb liegt eine Postkarte: »Der Hund heißt Tango.«
Die junge Frau nimmt die Postkarte in die Hand und dreht sie um. Die Karte ist bedruckt mit einem Gruß aus dem Fischerdorf, in dem sie lebt. Sonne, Strand, Meer. An ihrem Bein spürt die junge Frau die kalte Schnauze des Hundes.

UNSER MÄDCHEN

Direkt unter der Nase wachsen Haare. Wenn ich mit den Fingern drüberstreiche, fühlt sich das an wie ein Rattenbauch. Die Haare sind ganz weich.
Der einbeinige Dschib sagt: Wenn dir jetzt noch Haare auf dem Kopf wachsen, siehst du bald aus wie ein Mensch.
Ich werde am Wasserhahn bei Brücke zwei nicht mehr vorgelassen mit dem Kanister. Ich muss mich anstellen. Die anderen Kinder, die allein sind, werden vorgelassen zum Wasserhahn. Dort gibt es jetzt gutes Wasser und wir müssen nicht mehr das Wasser aus dem Fluss abfüllen. Da sieht der einbeinige Dschib neulich ein paar Tote rumschwimmen. Vom Wasser aus dem Fluss blutet dem einbeinigen Dschib der Mund. Es entzündet sich in seinem Mund. Das Unterhemd wasche ich aber trotzdem noch im Fluss. Für meine Haut ist es gut. Ich glaube, die Entzündung vom einbeinigen Dschib hat gar nichts mit dem Flusswasser zu tun. Wir finden noch einen anderen Wasserhahn. Dort musst du dich

nicht anstellen. Der Hahn ist auf der Rückseite von dem ausgebrannten Kaufhaus direkt am Fluss, wo sich noch nicht viele hintrauen. Wenn du den Hahn aufdrehst und ein paar Minuten wartest, tropft da erst die Brühe auf den Boden. In einem dünnen Strahl kommt dann aber auch gutes Wasser raus. Du musst lang warten, bis der Kanister voll ist.
Zu essen haben wir wenig. Die Suppen werden ausgegeben. Mit der Schubkarre fahre ich den einbeinigen Dschib jeden Tag an einen anderen Platz in der Stadt und der macht die Hütchenspiele und gewinnt und bekommt allerhand dafür. Und wenn ihm einer nichts geben will, zieht der den Revolver. Inzwischen haben wir so viele Dinge gesammelt, dass wir neue Haufen hinter dem Haus machen müssen. Wenn jetzt doch mal einer hier vorbeikommt, sieht der sofort, dass hier Dschibs wohnen. Wir müssen aufpassen. Wir sind eine Dschibsbude und der einbeinige Dschib will, dass wir alles aufheben, was wir vielleicht noch mal irgendwann benutzen können.

Mit dem Schlauch aus dem Reifen von der Schubkarre baue ich eine Steinschleuder. Ich fummle den Schlauch aus dem aufgerissenen Gummi raus und zerschneide ihn mit dem Taschenmesser. Frühmorgens gehe ich allein Richtung Norden aus der Stadt raus. Dahin, wo auch die wilden Gräber sind. Noch immer fahren hier Busse voller Krieger die Straße lang. Ich gehe runter zum Fluss, wo mich keiner sehen kann. Ich lege mich auf den Boden. Ich höre das Rauschen vom Wasser und das Geheule von den vielen Grillen. Ich warte, bis ich in den Bäumen über mir ein paar Vögel sehe. Ich nehme einen Stein vom Boden und schieße die Tiere ab. Nur einmal erwische ich einen von den Vögeln. Der fällt runter vom Baum. Aber der ist gar nicht tot und fliegen will er auch nicht mehr. Ich gehe näher zu ihm hin und der hüpft auch gar nicht weg. Ich nehme ihn in die Hand. Den ganzen Tag trage ich ihn mit mir rum und passe auf ihn auf. Als ich später die Schubkarre schiebe, klemme ich ihn in den Bund von meiner Sporthose. Abends gehe ich hinter unsere Bude zur Feuerstelle. Ich haue dem Vogel mit dem Schraubenzieher auf den Kopf. Ich mache ein Feuer. Ich weiß nicht, wie ich den Vogel zubereiten soll. Der einbeinige Dschib hat auch keine Ahnung. Ich werfe den Vogel in einen Topf und kippe Wasser rein. Der Vogel ist mit einem Mal ganz dick. Ich gucke mir an, wie er langsam im Kreis treibt, und dann merke ich, dass ich gar keinen Hunger mehr habe. Ich nehme den Vogel wieder aus dem Topf raus und schmeiße ihn Tango hin. Aber der schleppt ihn nur ein paar Meter weiter auf die Straße und lässt ihn da liegen.

Unser Mädchen finden wir in einer Kaschemme. Das ist eine Kaschemme auf unserer Seite vom Fluss. Als es dunkel ist, gehen wir hin. Ich stelle die Schubkarre vor der Kaschemme ab. Ich kippe sie um, damit sie noch kaputter aussieht und keiner die klauen will. Wir stehen in der Tür. Ein langer Tisch ist an der Wand und ein Mann bringt Teller mit Fleisch zu den anderen Männern, die um den Tisch rum sitzen und rauchen und Bier und Schnaps trinken.

Ein Mann ruft: Zwei Idioten zu Besuch!

Es ist ganz still plötzlich und alle gucken uns an. Der einbeinige Dschib singt ein Lied, das hier alle kennen. Die Männer hören zu. Der einbeinige Dschib singt wie ein kleiner Junge, obwohl der älter ist als ich und schon graue Haare hat. Einer hebt den einbeinigen Dschib auf einen Stuhl und jetzt hat der eine richtige Bühne. Die Krücke liegt am Boden. Der einbeinige Dschib steht auf einem Bein auf dem Stuhl, die Hände macht er hinter dem Rücken zusammen, wie wenn er betet. Der singt und schwebt. Einer will ihn stützen und merkt, dass das gar nicht nötig ist. Der einbeinige Dschib macht die Augen zu und singt weiter. Jetzt geht es um ein Mädchen aus der Stadt der Brücken. Sie ist unglücklich verliebt und das Herz tut ihr weh. Die Männer in der Kaschemme breiten ihre Arme aus und singen mit. Einer hat eine Klarinette dabei und spielt darauf. Ein anderer trommelt auf dem Tisch. Ich gehe zu dem Mann mit dem Tablett.

Ich sage: Kann auch ich mich nützlich machen?

Der Mann sagt: Zu wem gehört ihr?

Ich sage: Wir sind allein eine Gruppe.

Der Mann sagt: Wenn dein Freund hier singt, kannst du vom Boden einsammeln, was für die Tiere ist, und die Aschenbecher ausschütten. Wirf alles in diesen Eimer hier. Spül die Gläser und kehr den Schmutz hinterm Haus zusammen. Du kannst trinken und essen. Aber nimm dir niemals etwas, ohne mich vorher zu fragen.

Ich mache mich an die Arbeit. Ich krieche unter den Tisch und sammle ein, was von den Tellern fällt. Ein Mann trägt eine Jeanshose, die an den Knien abgerissen ist. Auf der Wade hat der einen Wolf tätowiert, wie der Vater auf dem Arm und wie ich mit dem Filzstift. Der trägt weiße Socken und Badelatschen. Vor seinen Füßen liegt ein Knochen. Ich knabbere das restliche Fleisch davon ab. Ich krieche unter dem Tisch vor und werfe alles in den Eimer in der Küche, den der Mann mir zeigt. Dann drücke ich mich zwischen

die singenden Männer und nehme die zwei Teller vom Tisch, auf denen sie die Zigaretten ausdrücken, und tausche die gegen zwei neue Teller aus. Die Stummel hebe ich alle für uns auf. Ich spüle das Geschirr in einem Eimer Flusswasser. Der Mann mit dem Tablett sitzt jetzt mit den Männern am Tisch und singt. Der steht nur noch auf, wenn er für alle neues Bier und neuen Schnaps holt. Einer von den Männern nimmt mich und schubst mich zum einbeinigen Dschib. Der steht noch immer auf einem Bein auf dem Stuhl und singt. Der einbeinige Dschib soll den Stumpf auf meinem Kopf ablegen. Es sieht jetzt so aus, wie wenn ich dem einbeinigen Dschib mit meinem Kopf eine Hilfe bin, und alle finden das sehr witzig. Einer zieht mich wieder weg und der einbeinige Dschib fällt aber nicht vom Stuhl.
Ein Mann ruft: Noch ein Zwerg und ihr könnt einen Zirkus aufmachen!
Ich gehe durch die Küche hinters Haus. In einer kleinen Holzhütte auf dem Hof brennt Licht. Ich höre das Wimmern von einem Hund, der da drin ist. Der Hund in dieser Holzhütte wimmert und einer schreit kurz auf. Das sind die Schreie von einem Menschen. Die Holzhütte ist eine große Hundehütte mit einer richtigen Tür und mit einem kleinen Fenster zur Seite hin. Das Fenster ist mit Zeitungspapier zugeklebt und keiner kann da durchgucken. Ich sehe nur, dass Licht brennt. Ich gehe um die Hütte rum. Von hinten sind kleine Löcher im Holz und ich drücke das Gesicht dagegen.

Ich sehe die Wade von dem Krieger mit dem tätowierten Wolf. Die schwebt in der Luft und fliegt hin und her. Ich kann auch den Po von dem Mann sehen. Der ist nackt. Ich gehe an ein anderes Loch. Und da sehe ich unser Mädchen. Unser Mädchen hat rote Haare. Immer wenn unser Mädchen keine Luft mehr bekommt, schreit die kurz auf. Da ist auch der Hund. Das ist ein Hund, wie wir auch in der Gemeinschaft von den Söhnen Marias einen haben. Ein gut erzogener Schäferhund.

Ich gehe schnell zurück in die Kaschemme. Der einbeinige Dschib macht jetzt Hütchenspiele und trinkt Bier und raucht eine Zigarette.

Ich sage zu dem Mann: Ich möchte eine Fanta trinken.

Der Mann schüttet mir etwas Fanta in ein Glas. Dann kippt er noch einen großen Schluck von der Schnapsflasche rein.

Der Mann sagt: Jetzt hast du eine Atombombe.

Ich schmecke nichts vom Schnaps. Der Mann mit dem Wolf auf der Wade kommt zurück an den Tisch. Ein anderer klopft ihm auf die Schulter. Ich klaue eine Zigarette vom Tisch und keiner kriegt das mit. Draußen ist es schon hell. Die Männer trauen sich raus und gehen alle nach Hause.

Der einbeinige Dschib ist betrunken. Der legt den Kopf auf den Tisch und als ich ihn anspreche, sagt der gar nichts mehr. Der Mann, für den ich putze, liegt auf mehreren Stühlen und schnarcht. Ich hebe die Klarinette vom Boden auf und stelle sie in die Ecke. Ich räume die Gläser und die Teller vom Tisch und schleppe alles in die Küche. Ich gucke in den Hof und rauche die Zigarette. Das Licht in der Hütte ist aus. Die Essensreste werfe ich in den Eimer für das Tier. Mit einem Tuch wische ich den Tisch sauber, ich spüle die Gläser und die Teller ab. Der einbeinige Dschib wird nicht richtig wach. Ich gehe vor das Haus und hole die Schubkarre rein. Ich ziehe den einbeinigen Dschib auf seinen Sitz und lege seine Krücke mit dazu. Durch die Küche gehe ich noch mal hinters Haus. Die Tür von der Hütte ist nicht abgeschlossen. Unser Mädchen liegt einfach nur da. Ich ziehe an ihrem Bein.
Sie sagt: Nicht mit den Händen, bitte nicht.
Ich schüttle sie. Sie dreht sich zu mir um. Zum ersten Mal sehe ich ihr Gesicht. Unser Mädchen sieht aus wie die dicke Chinesin. Ihre Stirn ist breit und trocken. Nase und Mund sind unverletzt. Die Augen sind zugeschwollen.
Ich sage: Steh sofort auf.
Unser Mädchen trägt eine schmutzige Jogginghose und ein viel zu großes Unterhemd. Bei uns sucht die sich neue Kleider aus. Die geht gebückt. Ich setze sie vor den einbeinigen Dschib in die Schubkarre. Ihre Beine baumeln vorne raus. Wenn ich die Karre hinten zu sehr anhebe, schleifen ihre Füße über den Boden. Die zieht sie auch nicht hoch. Ich fahre unser Mädchen und den einbeinigen Dschib zu unserer Bude. Ein paar Menschen sind schon auf der Straße und ich gucke die nicht an. Zuerst bringe ich das Mädchen rein und

zeige ihr meinen Schlafplatz. Ich hole den einbeinigen Dschib. Ich stütze ihn und der summt noch immer ein Lied. Der nuschelt irgendwas vor sich hin, das ich nicht verstehe. Ich sage nichts. Ich lege ihn in seine Ecke vom Zimmer und der schnarcht sofort und manchmal zieht er den Schleim hoch.

Ich gehe aus dem Zimmer raus und setze mich in das Loch von der Mauer, wo ich immer sitze. Ich zünde mir einen Stummel an und rauche zwei Züge. Ich nehme den Wasserkanister und laufe schnell zum Fluss. Ich lasse den Kanister volllaufen. Das Wasser ist noch eiskalt, als ich wieder in unserer Bude ankomme. Ich nehme ein Hemd von dem Haufen mit den Kleidern und mache es nass. Unser Mädchen liegt auf dem Rücken und schläft. Ich gehe zu unserem Mädchen hin und lege das nasse Hemd auf das Gesicht.

Sie sagt: Danke.

Ich sage: Du musst liegen bleiben.

Sie sagt: Erzählst du mir was?

Ich erzähle ihr die Geschichte von den Elefanten.

Sie sagt: Du reitest wirklich auf einem Elefanten?

Ich sage: Du kannst dich ruhig auch noch mit draufsetzen, dann reiten wir zusammen aus dem Zoo raus.

Unser Mädchen sagt: Erzählst du mir noch etwas?

Ich erzähle ihr, wie ich mir das Glück vorstelle.

Sie sagt: So will ich es mir jetzt auch immer vorstellen.

Ich ziehe das Hemd von ihrem Gesicht runter, mache es noch einmal nass und lege es wieder zurück.

Ich sage: Tut das gut?

Ich lege die Hand auf die Stirn. Sie ist nicht heiß. Ich gehe vor das Haus und setze mich in die Schubkarre. In den Bruchbuden neben uns ziehen jetzt ein paar Menschen ein.

Die kommen alle aus den Dörfern. Die bringen Tiere mit. Drei Häuser weiter hat eine Frau ein paar Hühner. Ich versuche die Eier zu klauen, aber die Frau behält die Hühner im Haus und es ist immer einer da.
Als der einbeinige Dschib plötzlich hinter mir steht und sagt: Was machst du da in der Schubkarre? Was macht die Rothaarige in unserem Haus?
Ich sage: Das ist unser Mädchen. Heute Nacht bringen wir unser Mädchen in die Kaschemme zurück. Wir bekommen alle was zu essen und zu trinken. Du singst. Ich mache sauber. Wir haben jetzt ein Mädchen. Einen Knochen für Tango bekommen wir auch.

ANLEITUNG ZUM BAUEN VON ATOMBOMBEN

Du nimmst einen Krug und schüttest eine kleine Flasche Fanta rein. Wenn du keine Schnapsgläser hast, nimmst du die Schnapsflasche und schüttest einen großen Schluck von dem Schnaps in den Krug mit der Fanta. Wenn du Schnapsgläser hast, füllst du drei Schnapsgläser bis zum Rand und schüttest die in den Krug mit der Fanta. Das ist die Mischung, damit die Atombombe wirkt und der Schnaps den Geschmack von der Fanta noch dalässt. Du nimmst den Krug. Wie ein richtiger Krieger sagst du: Zum Wohl.

DIE SIND ALLE MIT MIR VERWANDT

Zuerst denke ich, die Oma ist tot. Ich will der Mutter einen Brief an Gott diktieren. Aber dann kommt ein zweiter Mercedes aus dem Dorf der Glücklichen zu uns in die Baracken gefahren. Da sitzen noch mehr Menschen drin als im ersten. Die Tante, die andere Tante und die Cousine, jede mit einem Baby im Arm. Der Cousin, der das Auto fährt, obwohl der noch gar keinen Führerschein hat. Und die Oma auf dem Beifahrersitz.

Die Oma steigt aus dem Auto aus und ich laufe gleich zu ihr hin. Jetzt ist die Oma gar nicht mehr viel größer als ich. Ich küsse die Oma. Das Kopftuch ist etwas locker von der Fahrt und ich kann ein bisschen was von ihren silbernen Haaren sehen. Die anderen stehen noch unten, da schleppe ich schon den Koffer von der Oma zum Fahrstuhl und zusammen gehen wir in die Wohnung und ich zeige ihr die Zimmer. Die Oma muss sich aber erst mal hinsetzen. Die ist noch nie so weit mit dem Auto weggefahren und ihr ist schwindelig von den Kurven. Die Oma hat den kleinsten Koffer dabei. Drei Röcke, drei Blusen, drei Kopftücher, Strumpfhosen, einen Umschlag mit Fotos von allen Verwandten. Von jedem eins. Wenn einer stirbt, musst du die Oma fragen, ob die dir das Foto von dem Toten für die Anzeige gibt. Dann werden Zettel kopiert und überall an die Bäume gesteckt. Hier in den Baracken gibt es keine Bäume. Du klebst die Zettel an die Stromkästen.

Die Oma kocht mit der Mutter zusammen einen Eintopf und schneidet Käse und Schinken und Salami und wir essen alle zusammen im Wohnzimmer. Wir sind dreizehn Men-

schen und wir haben aber nur Stühle für sechs Menschen. Ich setze mich auf den Schoß von der Oma. Der Bruder bleibt immer bei dem Cousin in der Nähe. Der Cousin ist gerade noch so alt, dass er nicht zum Militär gehen muss, und der will sich jetzt bei uns verstecken, damit er nie zum Militär gehen muss. Die ganze Familie will sich bei uns verstecken und deshalb schlafen jetzt alle bei uns in der Wohnung. Mit der Mutter und dem Bruder und mir zusammen sind wir sechzehn Menschen. Wenn der Vater da ist, sind wir sogar siebzehn Menschen.
Wir haben ein Wohnzimmer, eine Küche und ein Schlafzimmer. Alle werden neu verteilt. Der Vater ist nicht da. In das Ehebett kommen die drei Mütter mit den drei Babys. Die Mutter schläft in dem Bett von dem Bruder. Die Oma schläft in meinem Bett. Alle anderen schlafen im Wohnzimmer. Der Cousin, die zwei Cousinen, der Bruder und ich schlafen im Wohnzimmer auf dem Boden. Wir bekommen viele Kissen und Decken.
Die Kinder sagen: Es ist sehr gemütlich hier.
Der Opa, der Onkel und die Tante schlafen auch im Wohnzimmer. Die bekommen das Sofa. Links von mir liegen der Bruder und der Cousin. Die sprechen über die Panzer. Rechts von mir liegen die zwei Cousinen. Die fassen mich immer an und kitzeln mich.
Alle schlafen. Ich zähle, wie oft der Onkel schnarcht. Ich schlafe aber nicht ein. Also stehe ich auf und gehe in die Küche. Ich nehme mir ein Glas und trinke Wasser. Ich trinke noch ein Glas Wasser. Ich gehe kurz strullen. Ich gehe ins Schlafzimmer. Eins von den Babys ist auch wach, das kann ich genau sehen. Es guckt mich an. Ich gehe weiter zu meinem Bett, wo jetzt die Oma drinliegt. Die liegt auf dem Rü-

cken und ihr Gesicht sieht aus, wie wenn sie lacht. Zum ersten Mal in meinem Leben sehe ich die Oma ohne Kopftuch. Die Oma hat lange silberne Haare und einen Zopf wie die Mädchen manchmal. Vor dem Bett liegt der Umschlag mit den Fotos. Ich setze mich aufs Bett und gucke die Oma an. So lange, bis es draußen schon wieder hell ist. Die Oma bewegt sich gar nicht im Schlaf. Die Sonne scheint ins Zimmer und ihre Haare glitzern. Die Stirn ist ganz weich und hat zwei Falten von oben nach unten. Die Oma macht die Augen auf und wir gucken uns an. Die Oma hebt die Decke hoch und ich lege mich auch ins Bett. Die Oma riecht wie eine Kuh. Ich schlafe sofort ein. Ich träume von den Schweinen, die alles fressen, was ich für die in den Trog schmeiße.

Es macht einen lauten Knall und ich wache auf. Die Oma ist nicht mehr im Bett. Die Cousinen knien vor dem Schrank und halten die Hände hoch wie die Feinde im Fernsehen. Die Tante steht hinter denen und schlägt sie mit dem Gürtel. Die Tante ruft: Und glaubt bloß nicht, dass jemand Mitleid mit euch hat! Kniet euch wieder hin!
Die Cousinen weinen ganz leise und sagen: Lass uns, Mutter, lass uns, bitte, bitte, lass uns, Mutter!
Ich liege im Bett und gucke zu. Die Tante dreht sich nicht zu mir um. Sie peitscht die Cousinen mit dem Gürtel. Die Mutter kommt und nimmt mich mit in die Toilette. Sie macht mir die Rückenspinne ab.
Ich frage: Wo ist denn die Oma?
Die Mutter sagt: Die Oma macht Teigschnecken.
Die Mutter cremt mich ein und macht mir das Tuch auf den Rücken und schnallt mir die Rückenspinne wieder um. Sie zieht mich an. Ich gehe in die Küche.

Die Oma sagt: Wie hast du geschlafen?
Ich sage: Ich schlafe gut in meinem Bett.
Die Oma sagt: Du hast ein sehr gemütliches Bett.
Ich setze mich auf einen Stuhl und gucke, was die Oma auf dem Küchentisch macht. Sie streut Kartoffelstücke und zerquetschten Käse auf einen Teig und rollt den Teig zu einer Wurst. Dann formt sie die Wurst zu einer Schnecke und legt sie auf ein Blech. Da liegen schon eine ganze Menge von den Schnecken.
Ich frage die Oma: Darf ich mitmachen?
Die Oma sagt: Du kannst doch noch nicht mal eine Schleife binden, guck mal, was du für Schuhe anhast, immer diese Kinderschuhe.
Ich gucke unter den Tisch zu meinen Füßen runter. Ich habe Turnschuhe an, die ich mit drei Laschen zudrücken kann.
Ich sage: Ich will Schuhe binden können, zeig es mir.
Die Oma wäscht sich kurz die Hände und holt dann eine lange Schnur aus dem Nähkasten im Wohnzimmer. Sie zerschneidet die Schnur und hat jetzt zwei Schnüre. Eine bindet sie um den Stuhl neben mir zu einer Schleife, die andere Schnur gibt sie mir.
Die Oma sagt: Versuch einfach auch so eine Schleife an den Stuhl zu binden. Mach das, bis dein Knoten so aussieht wie bei meiner Schleife.
Ich versuche das dreimal und dann kann ich Schleifen binden. Die Oma lässt mich jetzt mitmachen. Eine Teigschnecke machen wir zusammen. Die letzte darf ich allein machen.

Wir bekommen Besuch. Ich bin den ganzen Tag mit der Oma in der Küche und mache Teigschnecken. Da kommen

Menschen mit Videokameras und ich bin so sehr mit Backen beschäftigt, dass ich gar nicht richtig mitbekomme, wie die den Film drehen. Aber dann sitzen wir ein paar Tage später alle zusammen vor dem Fernseher und gucken uns den an.
Zuerst siehst du die Baracken und eine Stimme sagt: Der Große Kampf in den Dörfern hat einfache Bauern in die Stadt getrieben, sechzehn Personen wohnen hier in zwei Zimmern, Frauen und Kinder sind vor dem Wahnsinn des Großen Kampfes geflohen und im Wahnsinn der Enge gestrandet. Wir sind mit ihnen verabredet.
Dann kannst du die Mutter sehen, wie die unten die Haustür aufmacht. Sonst macht die Mutter die Tür immer mit dem Knopf von der Wohnung aus auf. Das Bild geht an der Mutter vorbei und dann ist das Bild schon bei uns im Wohnzimmer. Da sitzen die Frauen auf dem Sofa und die haben die Kinder auf dem Schoß und halten die Babys im Arm.
Sie sagen: Unsere Männer kämpfen, aus unseren Häusern mussten wir raus, wir wissen nicht, wo unsere Männer sind, wir wissen nicht, ob sie noch leben.
Meine Tanten weinen. Meine Cousinen weinen. Die Babys weinen auch alle.
Die Frauen sagen: Was sollen wir unseren Kindern sagen? Schauen Sie sich unsere Kinder an, sie müssen aufwachsen ohne ein Zuhause, ohne Vater. Was sollen wir ihnen sagen?
Die Stimme, von dem, den du nicht siehst, sagt: Die Familie hat keine andere Wahl, im Wohnzimmer wurde ein Schlaflager für die Kinder errichtet, die Großmutter hat die Küche übernommen.
Du siehst die Oma, wie die auf dem Schemel sitzt und Kartoffeln schält und die Schalen in ihren Rock schnippelt und

die Kartoffeln in einen Topf vor sich auf den Boden wirft. Sie guckt dich nicht an.
Sie sagt: Ich hätte denen gleich sagen können, dass das nichts wird. Wer sich bei großer Hitze im Wald eine Zigarette anzündet, muss damit rechnen, dass er selbst anfängt zu brennen.
Die Oma lacht. Dann kannst du ganz kurz den Jungen sehen, wie der unter dem Schemel hervorguckt. Aber das sieht keiner. Auch du nicht. Weil der Rock von der Oma hängt da drüber. Nur ich sehe das, weil ich weiß, dass der Junge dort unter dem Schemel liegt und ganz genau zuhört, was der Mann für Fragen stellt und was die Oma antwortet. Ich merke mir das alles.
Im Film kannst du jetzt sehen, wie die Mutter das Bild aus der Wohnung verabschiedet und einen schönen Tag wünscht. Im Rest vom Film spielt keiner mehr mit aus der Familie.
Die Stimme sagt: Dieser Stadt droht das gleiche Schicksal wie den Dörfern, mit jedem Flüchtling, der neu hinzuzieht, steigt die Gefahr, dass das Fass überläuft, die Flüchtlinge bringen das Trauma des Großen Kampfes mit in die Stadt, sie spalten sie.
Dann siehst du Menschen, die schon immer in der Stadt wohnen.
Die sagen: Die Flüchtlinge verderben das Klima in unserer Stadt, sie wissen nicht, was es bedeutet, in dieser Stadt aufgewachsen zu sein, wir leben alle am Fluss und dieser Fluss, er verbindet uns, genauso wie die alte Brücke uns verbindet.

Weiter gucke ich den Film nicht. Weil es gibt da eine Frage, die ich dir jetzt endlich stellen will. Hast du schon mal einen Geist gesehen? Wenn da ein Geist ist, weißt du nicht, wer das wirklich ist. Es kann sogar sein, dass du den Geist nicht mal sehen kannst. Das können nämlich nicht alle. Der dicke Dim kann Geister sehen. Aber selbst wenn du auch zu denen gehörst, die Geister sehen können, weißt du trotzdem nicht, wer der Geist wirklich ist. Ich kann dir das erklären.

Die Cousinen wollen, dass ich mit denen auf die Toilette gehe. Da nehmen die sich was von der Schminke aus dem Spiegelschrank. Die malen mir das Gesicht ganz weiß an und dann ziehen die mir noch einen weißen Regenkittel über. Jetzt bin ich ein Geist. Der Onkel steht plötzlich im Flur und gibt allen Kindern Geld für ein Eis. Alle gehen runter zum Kiosk. Aber ich bleibe bei der Oma. Ich gehe in die Küche und die Oma macht sich Essen warm. Ich habe richtig Hunger. Ich setze mich schon mal hin.

Die Oma sagt: Wen haben wir denn da sitzen?

Ich halte die Klappe und sage gar nichts. Die Oma macht sich Suppe auf den Teller und fängt an zu essen.

Ich sage: Ich habe auch Hunger.

Die Oma macht mir nichts auf den Teller.

Ich sage noch einmal: Ich habe auch Hunger.

Die Oma sagt: Da sitzt ja ein Geist am Tisch.

Die Oma löffelt weiter ihre Suppe und macht mir aber nichts auf den Teller.

Die Oma sagt: Was Geister wohl essen?

Ich sage: Oma, ich bin's.

Aber die Oma löffelt einfach weiter ihre Suppe und ist jetzt sogar schon fertig. Die Oma steht auf und wäscht ihren Teller ab. Die summt ein Lied.

Ich sage: Oma, ich bin's doch.

Jetzt räumt die Oma schon das Geschirr in den Schrank.
Ich sage: Oma! Ich bin's, dein Viktor!
Und da merke ich erst, dass die Oma mich gar nicht richtig sehen kann. Die hört auch gar nichts von dem, was ich da sage. Ich gehe schnell raus aus der Küche und ziehe den Regenkittel aus und schrubbe mir in der Toilette das Gesicht sauber.
Als ich wieder zurück in die Küche komme, stellt mir die Oma einen Teller Suppe hin und sagt: Viktor, da bist du ja.

Am nächsten Tag ist auch der Vater wieder da. Diesmal ist er sehr dünn und er hat eine echte Verletzung. Am linken Arm hat er einen großen Kratzer und die Mutter muss ihm den Verband abmachen und wieder einen neuen rumbinden.
Der Vater sagt: Das ist nicht schlimm.
Der Vater ist sehr stark. Als der auf dem Sofa liegt, springen alle Kinder um ihn rum.
Wir jubeln: Wir sind die Garde! Wir sind die Garde! Wir sind die Garde!
Der Vater steht auf und schleudert seine dünnen Arme herum und wir müssen aufpassen, sonst bekommen wir sie ab. Wir rennen alle in die Küche und da sitzt die Oma und die Mutter und die anderen Frauen und sie streicheln uns über den Kopf. Der Vater bleibt im Wohnzimmer auf dem Sofa liegen. Der Bruder ist draußen mit dem Cousin. Wo der Onkel mit dem Opa hin ist, weiß ich nicht. Die Frauen machen Kaffee und ich darf mit den Cousinen rausgehen zum Spielen. Die Cousinen und ich spielen Krieger und Bauern. Ich bin die Bauern und muss mich verstecken vor den Kriegern. Die Cousinen zählen bis hundert. Ich renne hinters Haus und setze mich in die Hundehütte von dem Hund, der mich

kennt. Der hat das zottelige Fell. Die anderen Hunde bellen laut. Die Cousinen haben Angst vor den Hunden. Hier können die mich nicht fangen. Ich warte.

Durch das Holz von der Hütte kann ich sehen, wie der Cousin und der Bruder hinter das Haus kommen. Die schubsen einen anderen Jungen vor sich her. Ich kann nicht verstehen, was die sagen. Alle Hunde bellen und die Ketten klappern laut und du kannst richtig Angst bekommen. Nur der Hund mit dem zotteligen Fell ist mit mir in der Hütte und der ist ganz still. Ich kenne den Jungen. Das ist ein Mudschijunge aus unserem Haus. Der Junge fällt hin. Der Cousin kniet sich auf ihn drauf und dreht ihn um. Der Junge liegt jetzt auf dem Rücken. Durch das Holz kann ich für einen Moment genau in das Gesicht von dem Jungen gucken und auch der Junge guckt genau in mein Gesicht. Der Mudschijunge darf mich auf keinen Fall verraten. Der Cousin dreht den Kopf von dem Jungen so, dass der nur noch in den Himmel gucken kann. Ich bete, dass der wirklich still ist. Maria, o Maria.

Der Cousin ruft: Guck in die Sonne! Guck in die Sonne!

Der Cousin drückt dem Jungen die Augen auf und spuckt direkt in das eine Auge rein. Er winkt den Bruder her und der Bruder stellt sich auf den Jungen und hüpft auf ihm rum wie die Kinder auf dem Sofa. Ich halte mir die Ohren zu und drehe mich zum Hund.

Als ich die Hände wieder wegnehme, höre ich zuerst das Lachen von den Cousinen. Bestimmt finden die mich und stehen direkt vor der Hütte. Aber ich gucke durchs Holz und kann sehen, dass die Cousinen den Jungen kitzeln, der auf dem Boden liegt. Dann verschwinden alle zwischen den Häusern. Die Hunde hören auf zu bellen. Es ist ganz still. Ich

sitze noch eine ganze Weile mit dem zotteligen Hund in der Hundehütte und bewege mich nicht. Fast direkt vor uns liegt der Mudschijunge aus unserem Haus. Der liegt einfach nur da. Ich krieche aus der Hütte raus. Das Gesicht von dem Jungen ist schmutzig. Ich spucke mir in die Hand und wische dem Jungen den Dreck aus dem Gesicht.
Der Junge sagt: Kennst du die?
Ich sage: Die sind alle mit mir verwandt.
Der Junge blutet an der Lippe.
Ich sage: Aber die können auch nichts dafür, dass du ein scheiß Mudschi bist.

DIE ALTE

Die zehnte Nacht ist die letzte Nacht, die wir zu dritt verbringen. Wie an den Abenden zuvor, fahre ich den einbeinigen Dschib und unser Mädchen in die Kaschemme. Die Schubkarre stelle ich jetzt im Hof ab. Wenn einer die klauen will, muss der an mir vorbeigehen. Der einbeinige Dschib singt Heimatlieder, ich sammle den Dreck vom Boden auf und putze, unser Mädchen geht in die Hütte. Als die Nacht vorbei ist und draußen schon die Sonne aufgeht, gehe ich raus in den Hof. Ich klopfe an die Hütte.
Ich sage: Sie sind weg, wir gehen los.
Der einbeinige Dschib liegt schon quer über der Schubkarre. Der ist betrunken. Ich warte kurz. Unser Mädchen sagt nichts und kommt auch nicht aus der Hütte raus. Ich gehe

in die Hütte rein. Unser Mädchen liegt da wie immer. Eine Kerze brennt noch und die roten Haare leuchten. Ich schüttle sie. Die sagt nichts. Die Augen sind noch immer geschwollen. Ich kann nicht erkennen, ob sie schläft. Die Kleidung von unserem Mädchen liegt auf dem Boden und ich sammle alles ein und ziehe unser Mädchen an. Ich schiebe den rechten Arm unter den Kopf und den linken Arm unter die Beine. Ich schleppe unser Mädchen aus der Hütte raus. Sie fällt mir runter. Ich schreie den einbeinigen Dschib an, dass er die Schubkarre freimacht. Ich schleife unser Mädchen zur Schubkarre.
Der einbeinige Dschib sagt: Was soll das?
Ich sage: Wir müssen sie hier wegbringen, siehst du das nicht?
Der einbeinige Dschib sagt: Das bringt doch nichts.
Ich drücke die Schubkarre durch die Kaschemme raus auf die Straße. Der einbeinige Dschib nimmt sich die Krücke und humpelt neben mir her.
Vor ein paar Tagen finde ich den Zoo. Wenn wir mit der Arbeit in der Kaschemme fertig sind und ich den einbeinigen Dschib und unser Mädchen in unsere Bude bringe, gehe ich danach immer in den Zoo. Dort ruhe ich mich aus. Heute gehen wir alle zusammen in den Zoo. Der liegt im Süden, auf unserer Seite vom Fluss. Ein paar Menschen sind schon wach. Wir gehen runter zum Ufer, vorbei an Brücke eins und vorbei an Brücke zwei. Der einbeinige Dschib spuckt Schleim aus. Die Füße von unserem Mädchen schleifen über den Boden. Gerade als wir vom Fluss wieder hochgehen wollen, stellt sich uns eine alte Frau in den Weg. Die bespritzt uns alle drei mit Wasser und fuchtelt mit den Händen rum, wie wenn die uns verzaubern will.

Sie sagt: Gib ihnen Kraft.
Ich bin mir da nicht so sicher, aber der einbeinige Dschib übersetzt es so für mich. Der kennt sich mit dem Hokuspokus besser aus. Tango läuft uns über den Weg. Er kommt mit, bleibt aber immer ein paar Schritte hinter uns. Es gibt eine Stelle am Zoo, die ist ohne Zaun, da ist ein Loch. Da gehen wir rein. Keiner ist im Zoo. Wir kommen an dem Pilz vorbei, wo du Eis kaufen kannst, wenn der Lehrer dir das erlaubt.
Der einbeinige Dschib sagt: Hier sind doch gar keine Tiere, du verdammter Kretin.
Ich sage: Riech mal.
Wir sehen einen Pfau und Tango jagt den. Wir müssen aber links abbiegen. Tango rennt dem Pfau hinterher. Wir kommen an dem abgebrannten Pavillon von den Affen vorbei. Ich drücke die Schubkarre durch das Gelände. Bergauf und bergab. Der einbeinige Dschib kommt kaum hinterher. Ich kann schon das Wasser hören, wie es gegen den Beckenrand schlägt. Und dann sind wir da. Bei dem Becken gibt es eine Tribüne für die Zuschauer. Du kannst oben stehen und in das Wasser reingucken und sehen, wie die Robben mit dem Ball spielen und einen Fisch aus der Hand vom Zoodirektor fressen. Oder du kannst dich unten hinstellen zwischen zwei Felsen. Da ist das Becken aus Glas und du kannst sehen, wie die Robbe an dir vorbeischwimmt.
Auf dem Boden sind sehr viele Steine. Wie ganz unten am Fluss. Hier kann ich nicht weiterfahren. Ich stelle die Schubkarre ab und ruhe mich kurz aus. Ich schleife unser Mädchen von der Karre zu dem Felsen und setze die da ab. Unser Mädchen flüstert was. Erst kann ich sie nicht verstehen, aber dann höre ich sie doch ganz genau.
Sie sagt: Sind wir schon am Meer?

Der einbeinige Dschib sagt: Wir sind da.
Unser Mädchen sagt: Hier will ich bleiben.
Der einbeinige Dschib und ich setzen uns auch in den Kies.
Unser Mädchen sagt: Was ist das?
Ich sage: Siehst du die Schiffe dort hinten?
Unser Mädchen sagt: Ich kann nur die Lichter sehen.
Der Junge sitzt mit seinen Freunden am Strand und hört dem Wasser zu. Sie kaufen sich jeder ein Eis und essen es. Sie werfen den Ball hin und her, und wer nicht fängt, verliert das Spiel. Den schubsen sie ins Wasser.
Ich bin wach. Der einbeinige Dschib liegt in der Schubkarre und schläft. Die Sonne bohrt mir neue Wunden in die Schultern. Ich stehe auf und mache unserem Mädchen die Haare aus dem Gesicht.
Ich sage: Die heilige Maria Mutter Gottes sei mit dir.
Ich schiebe die Karre mit dem einbeinigen Dschib wieder am abgebrannten Pavillon von den Affen vorbei. Als ich die Karre durch das Loch im Zaun drücken will, kommt Tango von hinten angerannt. Der springt in die Schubkarre und schüttelt sich direkt über dem einbeinigen Dschib aus. Der Hund ist klitschnass. Der einbeinige Dschib schlägt den Hund aus der Karre. Der einbeinige Dschib fängt richtig an zu zittern. Ich bringe ihn schnell nach Hause und lege ihn in seine Ecke. Ich decke ihn zu. Der einbeinige Dschib schüttelt sich im Schlaf. Ich lege mich in meine Ecke und schreibe eine neue Seite von dem Buch. Als ich fertig bin, male ich an die Wand den hundertfünfzehnten Elefanten.
Ich gehe hinter das Haus und zünde mir eine Zigarette an. Einer hat was von den Haufen weggenommen und ist durch die Feuerstelle gerannt. Das kann ich genau erkennen. Mit Feuer kenne ich mich sehr gut aus.

Auf dem Gelände von der Gemeinschaft brennen uns beinah beide Ställe ab. Die anderen Kinder rennen immer durch die verkohlte Stelle und wirbeln den Staub auf und lachen. Aber zum Glück kommt vorher noch die Schwester und alle müssen Wasser aus dem Brunnen holen, in dem der dicke Dim liegt. Sogar ich hole Wasser, weil ich ja gar nicht will, dass die Tiere anfangen zu brennen.
Bei Bubka stecke ich ein paar Streichhölzer ein. Der dicke Dim ist da schon tot, aber ich bin mir sicher, dass der auch unbedingt ein Feuer mit mir machen will. Also gehe ich zu den Ställen und mache einen Kreis mit den Steinen, die dort rumliegen. In die Mitte lege ich ein paar Äste von dem Baum, an den der Schäferhund gekettet ist. Ich zünde ein Streichholz nach dem anderen an und werfe die alle in die Mitte. Das funktioniert überhaupt nicht. Aber dann knackt es auf einmal sehr laut und einer von den Ästen brennt. Als plötzlich alles brennt. Es ist gar nicht das Feuer, das mich verrät. Ich schreie auch nicht, obwohl das Feuer jetzt schon sehr hoch ist und mir die Schultern noch heißer macht. Die Tiere schreien so laut. Ich schaffe es nicht, dass die still sind. Ich wünsche mir, dass der dicke Dim da ist und mir hilft und dass der nicht in den Brunnen springt. Dort gehen wir dann ja aber alle hin und ziehen einen Eimer Wasser nach dem anderen raus und schütten das auf das Feuer. Wir schaffen es, dass es aufhört zu brennen. Ein Stall brennt uns ab, zum Glück ist es nicht der neue Stall. Die Tiere sterben auch alle nicht. Nur ein paar Hühner. Die sind aber von allein ins Feuer geflattert. Die Tiere müssen jetzt alle zusammen in dem neuen Stall leben. Vielleicht freundet sich eine von den Ziegen jetzt mit der Kuh an, die immer so allein ist. Oder mit dem Huhn, das am

Hals keine Federn mehr hat, weil die anderen Hühner es dort picken.

In einem von unseren Haufen finde ich eine kleine Kiste für Zigarren, in der keine Zigarren mehr drin sind. Die Kiste hat einen goldenen Knopf und damit kann ich die zudrücken und wieder aufmachen. Ich nehme die Kiste mit und gehe wieder in unsere Bude. Der einbeinige Dschib schläft noch immer und er macht komische Geräusche. Ich lege alle meine Sachen in die Kiste. Das versteinerte Stück Holz. Das Foto. Den Zauberwürfel. Ich ratsche ein paar Mal dran rum. Ich komme der Lösung einfach nicht näher. Das Heft und den Bleistift lege ich auch in die Kiste. Ich drücke sie zu. Ich lege die Kiste auf meinen Schlafplatz und schmeiße den Pullover drüber, den ich wie ein Kopfkissen benutze. Ich frage mich, ob der einbeinige Dschib ein paar Sachen hat, von denen ich noch nichts weiß. Ich finde sie nicht.
Der einbeinige Dschib sagt: Gib mir eine Zigarette, ich will eine Zigarette rauchen.
Ich gehe zum Küchenschrank und hole die Plastiktüte raus, in der ich die Zigarettenstummel aus der Kaschemme sammle. Ich suche auch einen für mich raus. Ich zünde beide mit meinem Zippo an und stecke den längeren Stummel dem einbeinigen Dschib zwischen die Lippen. Er liegt da und raucht. Ich setze mich auf die Pappe und gucke ihm zu. Wir rauchen. Die Zigarette von dem einbeinigen Dschib brennt bis zum Filter runter und irgendwann zischt es laut, weil die Glut an der Lippe von dem einbeinigen Dschib klebt.
Ich sage: Stirbst du?
Der einbeinige Dschib sagt: Noch antworte ich.

Ich krieche in meine Ecke und lege mich mit dem Kopf auf den Pullover und die Kiste. Ich ruhe mich aus.

Stunden später liegt der einbeinige Dschib noch immer da und schnauft und röchelt. Das Atmen hört sich bei ihm an wie der Motor von der Fräsmaschine aus dem Dorf der Glücklichen. Draußen ist es schon wieder dunkel. Oben in den Bergen beim Jesuskreuz blitzt es. Bestimmt kommt das Gewitter bald runter in die Stadt.
Die Wolken schieben sich vor den Mond. Ich kann nicht viel sehen. Inzwischen kenne ich die Wege blind. Ich gehe an den Friedhöfen vorbei bis zum Fluss und gehe am Ufer entlang bis weit hinter Brücke zwei. Es regnet. Da sitzt ein Mann auf dem Boden.
Ich frage ihn: Wissen Sie, wo die Alte ist?
Er antwortet nicht.
Ich sage: Ich suche eine Alte. Wo finde ich sie?
Der Mann guckt einfach nur geradeaus. Ich gehe weiter. Keiner ist unterwegs. Der Regen knallt jetzt richtig runter vom Himmel und das Gewitter ist fast über mir. Ich gehe bis zum Zoo. Die Alte ist hier nirgends. Ich gehe durch das Loch im Zaun. Ich gehe zu den Robben. Unser Mädchen sitzt noch immer am Felsen. Ich mache ihr die Haare aus dem Gesicht. Ein Blitz schlägt ein. Das ist so hell, dass ich für einen Moment ins Wasser gucken kann. Da schwimmt die Jacke von einer Uniform. An der Jacke fehlt ein Knopf.
Ich gehe wieder zurück. Aber als ich an dem Kioskpilz vorbeikomme, knallt es wieder. Ich sehe nur weißes Licht. Ich laufe schnell weiter. Ich stehe vor dem Elefantengehege. Da ist die Höhle, in der die vier Elefanten drin sind. Da brennt zwischen den Steinen ein kleines Feuer. Ich versuche an

dem Gitter hochzuklettern, aber ich rutsche immer ab. Ich probiere es daneben an dem Schild, da kann ich mich festhalten. Auf dem Schild steht, wer hier lebt.

Da steht geschrieben: Wer ist wer in der Elefantenherde? Bulle Toming: linker Stoßzahn etwas abgebrochen, siebenfacher Vater. Kuh Jing: kleiner Kopf und rundes Gesicht, hat eine Narbe über dem rechten Auge, Mutter von Jong. Nachwuchsbulle Jong: Stoßzähne gut sichtbar, ist der erste im Zoo der Stadt der Brücken geborene Elefant, bereits ein Einzelgänger. Kuh Hoang: schlank und hochbeinig, rissige Haut, versteht sich sehr gut mit Toming und Jing.

Ich kann keinen sehen. Die Elefanten sind nicht da. Nur ein kleines Licht brennt hinten zwischen den Steinen und da will ich schnell hin. Ich stütze mich mit den Füßen an der Kante von dem Schild ab und werfe mich übers Gitter. Ich gehe in die Höhle rein und keiner ist da. Das Licht ist von einer Fackel. Die Flamme ist nicht groß. Da liegen ein paar Decken rum. Ich ziehe mir das nasse Unterhemd aus. Ich nehme eine von den Decken. Ich will mich damit abtrocknen.

Als der Junge die Decke wegzieht, sieht er, dass da drunter auf dem Boden die Alte liegt. Draußen kracht ein Blitz ins Gehege. Die Alte guckt den Jungen an. Die hat gar keine Augen im Gesicht. Da ist nur Haut. Die Stirn geht bis zu den Wangen. Die Alte steht auf. Der Junge macht ein paar Schritte zurück. Die Alte geht auf ihn zu. Die schubst ihn um. Der Junge liegt auf dem Boden. Die Alte beugt sich über ihn und dreht ihn auf den Bauch. Die Alte macht die Rückenspinne auf. Das Tuch klebt vom Regen mit dem Rücken und der Wunde zusammen. Das tut weh, als die Alte es dem Jungen von der Haut zieht. Der Junge hält die Luft an. Der Junge bewegt sich keinen Zentimeter.

IM ZOO LEBT

- x die Stachelmaus
- x die Antilope
- x der Löwe
- x der Tiger
- x der Eisbär
- x der Elefant
- x der Flamingo
- x der Affe
- x das Flusspferd
- x das Schaf
- x der Pfau
- x der Pandabär
- x das Lama
- x das Kamel
- x das Nashorn
- x der Geier
- x die Schlange
- x die Eule
- x der Wolf
- x das Wildschwein
- x der Papagei
- x das Zebra
- x die Robbe
- x die Schnecke
- x der Hai
- x die Riesenschildkröte
- x der Frosch

DER LETZTE TAG

Der Junge geht zum Strand und setzt sich auf eine Bank. Er schaut hinaus aufs Wasser. Eine ältere Frau verkauft Häkelware. Sie trägt ein Kopftuch und der Junge verfolgt sie mit seinem Blick. Als sie weit genug weg ist, steht der Junge auf und geht in eine Umkleidekabine. Es dauert eine Weile und dann kommt er wieder heraus und geht zu der Dusche und macht sich die Hände sauber. Der Junge geht die Promenade entlang. Viele Menschen sind unterwegs, essen Popcorn, Eis und Zuckerwatte. Der ein oder andere hinkt, hat nur einen Arm, geht mit Krücken oder sitzt im Rollstuhl. Ohne dass es einer merkt, nimmt der Junge sich zwei Feigen aus den Kisten des Obstverkäufers. Er hält sie fest umschlossen in seiner Hand, bis er sich ein paar Meter entfernt hat und sich unbeobachtet fühlt. Er drückt die Feigen auf, lutscht sie aus, wirft die Schale in einen Mülleimer. Vor einem Baum bleibt der Junge kurz stehen und schaut sich ein Plakat für eine Disko an. Dann erst setzt er seinen Weg fort und geht weiter Richtung Fährhafen.

NUR GEISTER ZIEHEN NICHT UM

Es schneit. Ich bin allein. Ich trage den kleinen Plastikkoffer und gehe geradeaus. Es schneit so sehr, dass ich alles nur verschwommen sehen kann. Steine. Berge. Himmel. Ich weiß nicht, wo ich bin. Einmal werde ich von einer Ziege überholt, die einen Strick hinter sich herschleift. Ich folge ihrer Spur, bis mir ein Huhn über den Weg läuft. Ich gehe dem Huhn hinterher, aber das ist auch schneller als ich. Ich bin allein.

Bis aus dem Nichts plötzlich ein Auto angebraust kommt und vor mir stehenbleibt. Das Auto hupt und ist ein wild gewordener Esel. Auch ich bleibe stehen. Im Auto sitzen zwei Nonnen. Eine Nonne steigt aus, kommt auf mich zu und hebt mich hoch. Sie sagt nichts. Sie trägt mich ins Auto und setzt mich auf die Rückbank. Den Koffer lege ich auf die Knie. Wir fahren los. Ich bin nicht angeschnallt. Wir fahren eine weite Strecke. Wir fahren durch ein kleines Dorf. Wir fahren ganz langsam. Keiner ist zu sehen. Es ist ganz still. Ich schlafe ein.

Erst als die Schwester den Motor ausmacht, wache ich wieder auf. Einer hämmert gegen die Fensterscheibe. Ich richte mich auf. Direkt vor mir steht ein Junge im Schnee. Er geht ein paar Schritte zurück. Ich mache die Autotür auf und der Junge guckt mich an. Der hat nur eine Unterhose an. Die Knochen von seinen Hüften stehen hervor und du kannst jede einzelne von seinen Rippen sehen. Der Junge hat helle Haut und im Schnee ist er ein echter Geist. Das ist der dicke Dim.

Aber ich muss weiter vorne anfangen, damit du das verstehst. Alles fängt nämlich damit an, dass ich nicht mehr in die Schule gehen darf, weil der Weg zu gefährlich ist.
Drei Männer kommen in unsere Wohnung und sagen: Ziehen Sie bitte auf die andere Seite vom Fluss, wir haben dort eine sehr schöne Wohnung für Sie reserviert.
Wir verstecken schon den Cousin im Schrank, weil wir denken, dass die den abholen wollen, damit der ein Krieger wird. Aber die wollen den gar nicht.
Die Mutter sagt: Wir bleiben.
Der Vater ist nicht da. Der Onkel sagt gar nichts. Der Opa auch nicht. Also bleiben wir. Die ganze Familie macht Besorgungen. Und ich spiele Verstecken mit der Oma. Die Oma sitzt im Wohnzimmer und strickt.
Ich sage: Oma, wir spielen Krieger und Bauern.
Die Oma sagt: Hier in der Wohnung?
Ich sage: Du findest mich nie.
Ich renne durch den Flur ins Schlafzimmer. Ich verstecke mich da, wo wir den Cousin verstecken. Ich stelle mich in den Schrank und ziehe die Tür zu. Es ist stockdunkel. Ich warte. Die Oma zählt bis hundert. Das kann ich nicht hören. Ich zähle selbst bis hundert, damit ich weiß, wann die Oma anfängt, mich zu suchen. Ich warte. Ich kann nichts hören. Ich warte. Es ist ein gutes Versteck. Es passiert nichts. Ich stehe im Schrank. Keiner findet mich. Die Oma findet mich nicht. Ich warte. Es ist dunkel im Schrank. Ich drücke die Tür ein bisschen auf. Ich kann die Oma nicht sehen. Keiner ruft etwas. Ich klettere aus dem Schrank raus und schleiche mich ganz leise zur Tür. Ich gucke durchs Schlüsselloch auf den Flur. Da ist keiner. Ich gehe in die Küche. Hier ist die Oma auch nicht. Ich gehe ins Wohnzimmer. Die Oma sitzt noch

immer auf dem Sofa und hält ihre Stricksachen in der Hand. Ich sage: Oma?
Die Oma antwortet nicht. Die Augen von der Oma sind zu. Ich glaube, die ist tot.
Ich sage: Oma?
Sie sagt nichts. Ich nehme ihr die Stricksachen aus der Hand. Ich gucke mir das Gesicht von der Oma ganz genau an. Ihre weiche Stirn mit den zwei Falten. Ihren Mund. Es sieht aus, wie wenn die nicht atmet. Ich schubse die Oma.
Ich sage: Oma!
Die Oma macht die Augen auf.
Sie sagt: Hab dich.
Ich merke, wie ich anfange zu weinen. Ich weiß gar nicht so richtig, warum. Ich glaube, weil ich denke, dass die Oma tot ist und weil ich ganz allein bin in der Wohnung. Ich klettere auf das Sofa rauf und lege mich in den Rock von der Oma. Ich höre gar nicht mehr auf mit dem Geheule. Die Oma streichelt mir über den Kopf und spricht ein Gebet. Maria, o Maria.
Am nächsten Tag kommen schon wieder Männer zu uns und wollen, dass wir umziehen. Diesmal sind es Krieger. Die stehen mit dem Gewehr in der Hand bei der Oma in der Küche. Die kocht gerade Kaffee.
Die Krieger sagen: Ihr habt zehn Minuten.
Was in diesen zehn Minuten passiert, weiß ich ganz genau. Die Krieger ziehen wieder ab und gehen die Treppe im Haus weiter nach oben.
In dem Moment, wo die draußen sind und der Onkel die Tür zumacht, musst du dir vorstellen, dass bei uns in der Wohnung alle Frauen mit einem Mal anfangen zu heulen und mit einem Mal wieder aufhören, weil die Oma sagt: Die

Kinder ab ins Wohnzimmer, auf das Sofa, keinen Mucks, alle anderen packen zusammen.
Wir gehen ins Wohnzimmer und quetschen uns zu fünft auf das Sofa. Die Cousinen halten die drei Babys im Arm. Also sind wir acht. Auch der große Cousin ist dabei, obwohl der ja kein Kind mehr ist. Alle sind ganz still.
Ich sage: Noch acht Minuten.
Der Cousin sagt: Hör auf mit dem Quatsch.
Ich stütze mich auf dem Knie von dem Bruder ab und springe vom Sofa runter. Ich schleiche mich zur Tür.
Der Bruder sagt: So ein Spinner.
In der Küche ist eine von den Tanten und die packt zusammen mit der alten Cousine ein paar Töpfe und Geschirr und Besteck in zwei große Plastiktüten.
Ich sage laut: Noch siebeneinhalb Minuten.
Ich gehe weiter ins Schlafzimmer und dort ist der Rest von der Familie. Die andere Tante, der Opa, der Onkel, die Mutter und die Oma. Auf dem Boden haben die zwei große Koffer stehen und eine Reisetasche und da werfen sie die Kleidung rein. Sie sprechen ganz leise.
Ich gehe zu meinem Bett und hole aus der Kommode ein Stück Papier und einen grünen Filzstift raus. Ich schreibe da drauf:

Papa, wir wohnen jetzt in einer schönen Wohnung auf der anderen Seite vom Fluss. Ich singe unsere Lieder. Dein Viktor

Ich falte den Zettel zusammen und stecke ihn in die Hosentasche. Der Onkel stellt einen Stuhl an das Fenster und steigt drauf. Er nimmt die Gardinenstange runter und zieht die Gardine von der Stange ab. Aus dem Treppenhaus höre ich, wie einer was ruft. Da ist was los. Der Onkel klappt die Koffer zu und trägt alles zusammen mit der Gardinenstange in den Flur. Alle gehen in den Flur. Ich bin allein im Schlafzimmer und höre, dass die anderen Kinder sich noch mehr Hosen, Pullis und Jacken anziehen sollen. Ich krieche unter mein Bett und ziehe den kleinen Plastikkoffer vor, in dem ich die Sachen aufhebe, die keiner sehen darf. Ich schütte alles aus dem Koffer raus und packe zwei Sachen wieder rein: den Zauberwürfel und den Grundig Yacht Boy 500. Ich gehe zum Schrank. Ich lege Socken in den Koffer und den weißen Regenkittel. Ich gehe zu den Spielsachen von dem Bruder. Da liegt auf dem Regal das versteinerte Stück Holz von dem Vater und der Bruder benutzt es wie einen Revolver. Ich lege es auf die Socken und klappe den Koffer zu. Ich gehe in den Flur. Ich ziehe mir die Schuhe an und binde eine Schleife.

Ich sage: Noch drei Minuten.

Alle stehen vor mir. Ich höre, wie in der Küche der Kaffee überkocht. Die Familie steht da einfach nur rum und wartet. Ich renne schnell ins Bad. Ich schiebe die Kiste mit dem Waschpulver vor den Spiegelschrank und klettere drauf. Ich nehme was von der Geisterschminke. Ich schmier mir das Gesicht ganz weiß, mache den Koffer auf und ziehe mir auch den Geisterkittel über.

Ich sage: Zehn Minuten sind um.

Der Onkel macht langsam die Tür zum Hausflur auf. Da sind viele Menschen draußen. Als keiner mehr kommt, nimmt er die Gardinenstange und geht vor.

Der Onkel sagt: Hängt mir die Koffer und die Tüten drauf.

Die Mutter hängt einen Koffer auf die Stange, die Tante hängt die Reisetasche auf die Stange, die Cousine hängt eine

Tüte mit Geschirr auf die Stange. Die andere Tüte und der andere Koffer passen nicht mehr drauf und die Cousine nimmt die Tüte und der Cousin nimmt den Koffer. Ich trage meinen Koffer allein. Wir gehen alle raus aus der Wohnung. Die Mutter geht als letzte und macht zu. Wir passen nicht alle in den Fahrstuhl und deswegen fährt keiner mit dem Fahrstuhl. Wir gehen alle zusammen die Treppen runter. Der Opa geht hinter dem Onkel und passt auf, dass der Onkel mit der Stange nicht die Wände von dem Haus kaputtmacht. Wir gehen zwei Stockwerke runter und da steht ein Krieger mit einem Maschinengewehr. Der Krieger sagt gar nichts und guckt uns nicht an, als wir an ihm vorbeigehen. Der guckt einfach geradeaus an die Wand, wo der Fahrstuhl runterfährt. Ich gucke da auch hin. Da ist nichts. Unten ist alles voller Menschen. Die werden gezählt. Wir stehen im Hausflur. Ich nehme die Hand von der Oma. Wir gehen endlich aus dem Haus raus und ich sehe, dass es schneit. Da sitzen zwei Krieger hinter einem kleinen Tisch. Einer hat eine Mappe und einen Stift in der Hand und zusammen zählen die noch mal durch und schreiben alles auf.
Der Krieger sagt: Gehört diese Missgeburt zu Ihnen?
Ich sage: Ja.
Der Krieger sagt: Gehen Sie da rüber.
Die Oma und ich gehen zu zwei Frauen und zu einem Mann, die bei einem Krieger stehen. Die Mutter und der Bruder sind auch zusammen in einer Gruppe. Die anderen sehe ich nicht. Die Oma ist sehr dick angezogen und unter ihrem Kopftuch ist es bestimmt sehr heiß. Die Oma schwitzt. Es schneit. Als alle aus dem Haus draußen sind, machen die Krieger aus den vielen kleinen Gruppen zwei große Gruppen. Die erste Gruppe muss in einen Bus einsteigen. Wir

müssen zu Fuß gehen. Keiner spricht. Ich höre nur den Schnee unter den Füßen quietschen. Von uns kommen alle in die Straßengruppe. Ich kann jetzt vorne den Onkel und den Opa sehen und hinten gehen die Mutter und der Bruder und dann kommen auch die Cousinen und die Tanten mit den Babys. Der Bus mit den anderen fährt an uns vorbei. Die Hand von der Oma schwitzt. Als wir schon weit gehen und wir nicht mehr in den Baracken sind und ich nicht mehr kann, biegen wir um eine Ecke und da stehen noch mehr Menschen. Die Gruppe ist jetzt viel größer und ich passe auf, dass ich die Mutter nicht aus den Augen verliere. Keiner sagt was. Mit der großen Gruppe gehen wir nur ein kurzes Stück. Bis wir zu einer Brücke kommen. Hier bleiben alle wieder stehen und warten. Wir warten ganz schön lang. Es passiert nichts. Die Oma zieht was aus ihrer Jacke raus und gibt mir das. Das ist das Foto von dem Bruder und mir im Gärtchen. Die Oma streicht mir durchs Gesicht und ihre Hand ist ganz weiß von der Schminke. Wenn die das noch mal macht, können mich alle sehen.
Die Oma sagt: Nimm du das.
Ich sage: Was ist, wenn wir eine Anzeige machen müssen?
Die Oma sagt: Nimm schon!
Ein Krieger ruft: Weitergehen!
Und dann nimmt der Krieger ein Megaphon und brüllt über die Brücke: Hey, ihr da drüben, gleich bekommt ihr euer durchlöchertes Fickfleisch! Ta-ta!
Wir gehen an einer Blechhütte vorbei. Ein paar Säcke sind um die Hütte rum gestapelt. Durch das Fenster kann ich sehen, wie da einer ein Funkgerät in der Hand hat, aber der spricht da gar nicht rein, der raucht eine Zigarette. Wir gehen über die Brücke. Der Schnee fällt in den Fluss. Ich kann

die Mutter nicht mehr sehen. Vor mir geht ein anderes Kind. Das trägt eine blaue Winterjacke. Als mit einem Mal alle losrennen.
Keiner kann den Jungen sehen. Der Junge lässt die Hand von der Oma los und bleibt stehen. Alle rennen an ihm vorbei. Der Junge dreht sich um. Der Junge sieht die Menschen auf sich zurennen. Er läuft ihnen entgegen. Er läuft in die andere Richtung. Der Junge rennt die Brücke zurück. Er rennt über eine Frau, die am Boden liegt. Er tritt auf eine Hand. Der Junge rennt vorbei an der Blechhütte mit den Kriegern. Der Schnee ist weiß. Der Junge ist weiß. Der Regenkittel reicht ihm bis zum Boden. Mit dem Plastikkoffer in der Hand rennt der Junge den ganzen Weg zurück in die Baracken. Der Junge muss aufpassen, dass er den Koffer nicht fallen lässt. Der Junge rennt am Gärtchen vorbei. Der Junge rennt am Blumenladen vorbei. Der Junge rennt am Haus mit der Nummer 38 vorbei. Und dann steht er vor seinem Haus. Er verschnauft. Oben auf dem Balkon sieht er die Mutter von dem Mudschijungen stehen. Sie winkt ihm. Der Junge formt die Hand zu einem Revolver, kneift das rechte Auge zu und zielt. Der Junge sagt: Ta-ta. Der Schnee ist ganz zertreten. Die Haustür steht offen. Der Junge geht rein. Vor den Briefkästen bleibt er stehen. Der Junge stellt sich auf seinen Koffer. Er greift in seine Hosentasche und holt den Zettel für den Vater raus. Der Junge muss sich strecken. Er schiebt das Papier in den Briefkasten von seiner Familie. Dann geht der Junge durch den Flur in den Hof zu den Hundehütten. Die Ketten liegen auf dem Boden. Einer hat die Hunde freigelassen. Der Junge geht zu der Hütte, wo der Hund mit dem zotteligen Fell wohnt. Der Junge wirft seinen Koffer rein und krabbelt hinterher. Bis am nächsten

Morgen bleibt der Junge in der Hundehütte. Er ist die ganze Zeit wach. Manchmal schaut er hinaus. Aber da ist keiner. Als es langsam wieder hell ist, kriecht er raus und geht los.

DIE BOTSCHAFT

Der Eingang zur Höhle ist mit zwei Stöcken verbarrikadiert. Das sieht so aus:

Dahinter sieht es aus, wie wenn jetzt die Sonne scheint. Es riecht nach nassen Elefanten. Die Rückenspinne ist ab. Ich liege in drei Decken eingerollt auf dem Boden. Neben mir steht ein Glas. Das ist bis oben hin voll mit Maiskörnern. Darin steckt eine abgebrannte Kerze. Außerdem liegt neben mir ein großes Messer. Ein Krug Milch steht da noch. Ich trinke die Milch aus. Hinten an der Wand sehe ich einen Ofen. Unter dem Abzugsrohr liegt eine schwarze Katze und die schläft. Ein Kühlschrank steht da rum. Daneben ist alles voll mit gehacktem Holz. Und da wo kein Holz ist, hängen gefüllte Plastiktüten an der Wand. Weißt du vielleicht, was da drin ist? Von der Decke hängt Fleisch runter. Unter dem Fleisch steht ein Krankenhausbett. Aber darauf ist keine Ma-

tratze, da stehen viele Töpfe auf dem Rost. Ich gucke genauer hin und sehe, dass da ein Huhn und noch eine zweite schwarze Katze an einem Topf dran sind und was trinken.
Als die Alte plötzlich draußen vor der Höhle steht. Die nimmt die beiden Stöcke weg. Die Alte hat zwei Tüten dabei und die hängt sie zu den anderen Tüten an die Wand. Sie setzt sich vor den Ofen auf einen Schemel. Die Alte zieht eine Klappe am Ofen auf und wirft da Äste rein. Mit einem Feuerzeug zündet sie ein Stück Pappe an und wirft das auch in den Ofen. Die Äste brennen jetzt. Die Alte schmeißt noch ein großes Stück Holz rein und macht die Klappe wieder zu.
Ich sage: Erinnern Sie sich an mich?
Die Alte antwortet nicht.
Ich sage: Dem Einbeinigen geht es nicht gut.
Die Alte sagt: Auch ihm werde ich helfen.
Ich sage: Wer sind Sie?
Die Alte sagt: Eine alte Frau.
Ich sage: Ich bin Viktor.
Die Alte stellt jetzt einen Topf auf den Ofen. Zuerst wirft sie verschiedene Kräuter rein und dann holt sie aus einer von den Tüten eine Packung Schokoladeneis. Aber als sie die Packung aufmacht, ist da kein Schokoladeneis drin. Da ist eine grüne glibberige Masse drin, die sie in den Topf kippt. Die Alte nimmt einen Kieferast und rührt damit im Topf rum.
Die Alte sagt: Wie geht es dir?
Ich sage: Wie geht es mir?
Ich gucke an mir runter. Die Wunde am Rücken ist weg. Das Fleisch ist noch ein wenig rot, aber nicht mehr offen und nicht mehr nass. Die Kruste auf den Schultern ist auch weg.
Ich sage: Da ist nichts.
Die Alte sagt: Langsam, langsam.

Ich schaue noch einmal genau hin und fahre mir mit der Hand drüber.
Ich sage: Nein, da ist nichts.
Die Alte nimmt den Topf vom Ofen und kommt auf mich zu. Die Haare gucken unter dem Kopftuch vor wie bei der Oma manchmal. Die Haare fallen ihr ins Gesicht und das sieht unordentlich aus. So ist das bei der Oma nie. Wo bei mir die Augen sind, ist bei der Alten gar nichts. Nur Haut. Ich soll mich hinstellen und die Hände an die Wand halten. Der Stein ist rauh und warm. Die Alte rührt mit dem Kieferast im Topf rum. Sie schlägt mir den Ast auf den Rücken. Die Alte murmelt Zaubersprüche vor sich hin, die ich nicht verstehe. Jetzt streicht sie mir mit dem Ast über den Rücken. Das wird ganz heiß. Die Alte verteilt den ganzen Inhalt aus dem Topf auf meinem Rücken und geht raus aus der Höhle. Ich bleibe stehen und warte. Die Alte kommt wieder und hat ein Fell dabei. Ich kann nicht erkennen, von welchem Tier das ist. Die Alte streicht mir auch damit über den Rücken und verteilt die warme Brühe über meinen Körper. Die faselt wieder irgendwelche komischen Sachen vor sich her.
Die Alte sagt: Jetzt bleib so stehen.
Die Alte geht schon wieder aus der Höhle raus. Diesmal bleibt sie noch länger weg. Als sie wiederkommt, hat sie die Rückenspinne dabei. Sie legt mir ein sauberes Tuch auf den Rücken und schnallt die Rückenspinne fest. Die Alte nimmt eine Tüte von der Wand.
Sie sagt: Das ist für dich und deinen einbeinigen Freund.
Ich kann sehen, dass in der Tüte ein großes Stück Fleisch drin ist. Außerdem liegen da noch andere Sachen drin. Kartoffeln und eine Süßigkeit. Mein Taschenmesser kann ich auch sehen.

Ich sage: Danke.
Die Alte sitzt wieder auf dem Schemel vor dem Ofen und stochert mit einem Stock in der Glut herum. Es ist, wie wenn ich gar nicht mehr da bin in der Höhle. Ich ziehe mir schnell die Sporthose und das Unterhemd an. Beides riecht nach frischer Wäsche. Ich gehe aus der Höhle raus. Ich sehe, dass die Alte links im Elefantengehege ein kleines Beet anlegt. Außerdem steht da ein Auto ohne Räder und Fenster. Der Kofferraumdeckel ist auf und da drin sitzen ein paar Hühner. Dahinter lehnt am Zaun ein großes Brett. Ich muss das nur ein wenig zur Seite schieben. Dann bin ich draußen.

Am ausgebrannten Kaufhaus sehe ich, dass einer die umgestürzten Sattelschlepper auseinandernimmt. Aber jetzt ist da keiner mehr. Ein Reifen liegt auf der Straße. Ich nehme den Reifen mit und rolle ihn vor mir her. Als ich am letzten Friedhof vorbeikomme und zwei Straßen vor unserer Bude bin, rennt Tango auf mich zu und springt an mir hoch. Ich halte schnell die Tüte weg, damit er nicht an das Fleisch kommt. Tango rennt um mich rum und wedelt mit dem Schwanz. Ich rolle den Reifen hinters Haus zur Feuerstelle. Ich gehe ins Haus. Der einbeinige Dschib liegt noch genauso auf dem Boden, wie ich ihn zuletzt sehe. Der ist wach und starrt zum Loch an der Decke, wie wenn da ein Fernseher steht.
Der einbeinige Dschib sagt: Wo warst du?
Ich hole zwei Zigarettenstummel aus dem Küchenschrank und zünde sie uns an. Ich stecke dem einbeinigen Dschib den längeren Stummel in den Mund. Ich erzähle ihm die Geschichte von der Alten und der hört ganz genau zu.
Ich sage: Guck mal, hier ist die Tüte.

Der einbeinige Dschib sagt: Was ist da drin?
Ich mache die Tüte auf und lege alles raus:

- x ein großes Stück Fleisch, vielleicht von einer Kuh
- x sieben Kartoffeln
- x zwei Tomaten
- x drei Eier
- x eine Feige
- x das Taschenmesser
- x ein Glas mit Kräutern

Und dann ist da ganz unten in der Tüte noch ein Stück Papier. Ich nehme das raus. Es ist gefaltet und zugeklebt.
Der einbeinige Dschib sagt: Was ist das?
Ich sage: Da steht drauf: Für Viktor.
Der einbeinige Dschib sagt: Mach es doch auf!
Ich klemme mir den Zettel in den Bund von der Hose.
Ich sage: Lass uns erst ein Feuer machen, bevor es wieder dunkel ist.
Ich helfe dem einbeinigen Dschib auf und stütze ihn. Wir gehen hinters Haus. Ich zeige dem einbeinigen Dschib den Reifen und er setzt sich da drauf. Tango legt sich in die Mitte von dem Reifen. Die beiden gucken mir zu, wie ich Feuer mache. Ich lege das Fleisch in einen Topf und kippe was von dem Wasser rein. In einen zweiten Topf schütte ich die Kräuter für den einbeinigen Dschib und kippe auch da Wasser dazu. Beide Töpfe hänge ich übers Feuer. Als ich merke, dass der einbeinige Dschib mir das Papier aus der Hose zieht. Der reißt das auf und faltet es auseinander.
Der einbeinige Dschib sagt: Lieber Viktor …
Ich sage: Warte!

Ich setze mich zu Tango und dem einbeinigen Dschib in den Reifen. Die Zunge hängt Tango seitlich aus dem Maul. Das eine Auge eitert noch immer. Der einbeinige Dschib hält den Brief in der Hand. Ich gucke ins Feuer.

Lieber Viktor,
ich kann nicht lesen und ich kann nicht schreiben. Ich habe das nie gelernt. Und trotzdem ist dieser Brief von mir. Für dich. Ich diktiere ihn. So wie du das früher auch gemacht hast. Dass du diesen Brief jetzt in deinen Händen hältst, das haben wir einer Frau zu verdanken, über die manche sagen, dass sie eine Hexe ist. Andere sagen, sie ist ein Wunder. Mir ist es ganz egal. Ich habe allerlei Beschwerden. Durchfall, Kopfschmerzen, Grippe, Nierensteine. Für alles hat diese Frau die richtige Medizin. Die Natur. Kräuter. Wasser. In der richtigen Kombination und im richtigen Verhältnis zusammengebraut, findet sie für jedes Gift ein Gegengift. Diese Frau weiß mehr als wir. Diese Frau sieht mehr als wir. Und wie du weißt, war sie uns auch schon bei deiner Geburt eine Hilfe. Ich glaube an Gott, den Allmächtigen. Trotzdem weiß ich, dass mir ohne diese Frau das Leben schon längst viel schwerer fallen würde. Aber ich weiß auch, solltest du noch am Leben sein und solltest du eines Tages irgendwo wieder in der Stadt auftauchen, so wird hier von uns wohl keiner auf dich warten. Aber diese Frau. Ich bin mir sicher, wenn du am Leben bist, wird sich das bis zu ihr rumsprechen. So wie sich alles schnell rumspricht. Ich allerdings muss jetzt davon ausgehen, dass wir uns nicht mehr sehen. Mein Zustand ist schlecht. Und jeden Tag wird er schlechter. Zwar steht unser Teil der Stadt nicht so sehr unter Beschuss wie der Osten. Aber ganz unabhängig davon bin ich eben eine alte Frau. Ich komme hier nicht mehr raus.
Die Zeit, die sich zum Ende meines Lebens noch einmal so sehr

verändert hat, ist schlimm, Viktor. Für uns alle. Was aber noch viel schlimmer ist, ist, dass du nie eine andere Zeit erlebt hast. Du weißt nicht, wie das Leben hier einst war. Wie es sein kann. Ein fruchtbares Land voller Berge, Schluchten, Seen und Feigenbäume. Wie im Paradies.
Es gibt dieses Leben auch heute noch. Das verspreche ich dir. Nicht in dieser Stadt und auch nicht in den Dörfern. In den Bergen. Ganz weit oben. Dort, wo schon lange kaum ein Mensch mehr ist. Dort, wo dich keiner fragt, wer du bist. Dort, wo dir dein eigenes Stück Land die Aufgaben stellt, die du bewältigen musst. Dort musst du hin. Dort ist dein Platz. Dort bin auch ich bei dir.
Guck mal in den Stall.
Deine Oma

DER LETZTE TAG

Im Fährhafen steht ein Mann vor einem Grill. Mit einem Pinienast streicht er Öl und eine salzige Knoblauchbrühe über die Fische, die auf dem Rost liegen. Obwohl der Junge noch nie in seinem Leben einen Fisch gegessen hat, kann er sich nichts Schöneres vorstellen, als eines dieser goldbraunen Tiere in die Hand zu nehmen und hineinzubeißen. Es geht ihm dabei um einen ganz bestimmten Fisch, den er schon einige Zeit anschaut und den bislang zum Glück keiner essen will.
Der Junge sagt zu dem Mann: »Kann auch ich einen Fisch haben?«

Der Mann greift genau den Fisch mit seiner Zange heraus, den der Junge sich ausgeguckt hat, legt ihn in eine kleine Plastikschale und sagt: »Jetzt verschwinde hier. Du vertreibst ja alle.«
Der Junge greift nach der Plastikschale und geht Richtung Fährmauer. Die Tüte mit dem Heft baumelt an seinem Handgelenk. Der Junge geht ganz bis ans Ende der Fährmauer. Dorthin, wo eine kleine Treppe hinabführt ins Meer und wo ihn niemand sehen kann. Dort setzt er sich hin.

MARIA, O MARIA

Die beiden Schwestern nehmen mir den Koffer ab und bringen mich in das große Haus. Der dicke Dim geht uns hinterher durch den Schnee. Ich muss mich ausziehen. Die Schwester macht mir das Gesicht sauber. Sie gibt mir eine Jogginghose und einen Pulli. Der dicke Dim bekommt Ärger, weil der nur eine Unterhose anhat. Er muss sich was anziehen. Er bekommt auch eine Jogginghose und einen Pulli. Die Schwestern bringen mich und den dicken Dim in die Kapelle zum Abendgebet. Barfuß gehe ich durch den Schnee. Das tut weh an den Füßen. Die Schwester macht die Tür zur Kapelle auf.
Sie sagt: Knie nieder und du wirst sehen.
Ich gehe rein und sehe, dass da ein paar Kinder auf dem Boden knien und beten. Die Söhne Marias. Meine Brüder. Aber es ist gar kein Priester da. Alle flüstern irgendwas vor

sich hin. Der dicke Dim und ich knien uns auch auf den Boden. Ganz vorn hängt Jesus Christus am Kreuz. Ein paar Kerzen brennen. Das ist gemütlich. Das Flüstern klingt, wie wenn hier wirklich Geister im Raum sind. Als alle fertig sind, machen die ein Kreuz auf der Brust. Ich mache auch ein Kreuz auf der Brust. Kein Kind sagt was. Wir gehen alle aus der Kapelle raus. Es ist stockdunkel. Eine Schwester nimmt den dicken Dim und mich wieder mit in das große Haus. Die bringt uns in ein Zimmer und dann verschwindet sie. Im Zimmer steht ein Hochbett und der dicke Dim und ich sollen hier schlafen.

Der dicke Dim sagt: Endlich bist du da.

Ich gucke mir das Bett an.

Der dicke Dim sagt: Endlich kann ich dein Freund sein.

Das ist nämlich so. Jedes neue Kind bekommt einen Freund, wenn es hier ankommt. Der Freund erklärt dir, was du hier machen musst, und passt auf dich auf. Der dicke Dim darf noch nie auf einen aufpassen. Aber jetzt soll der eben auf mich aufpassen. Mehrere Tage müssen wir hier zusammen in diesem Zimmer sitzen. Der dicke Dim betet mir alle Gebete vor. Der dicke Dim erzählt mir, wer Maria ist. Der dicke Dim passt genau auf, was ich mache. Wenn ich nur einen Satz falsch sage, unterbricht der mich. Ich merke mir alles sehr schnell. Ich habe keine Lust, mit dem dicken Dim hier in diesem Zimmer zu sitzen. Der dicke Dim will, dass ich ihm meine Sünden erzähle. Der dicke Dim will, dass ich ihm Fragen stelle. Ich sage nichts. Ich stelle auch keine Fragen. Die meiste Zeit sitzen wir auf dem Bett und halten die Klappe. Ich unten. Er oben. Manchmal kommt eine Schwester und kontrolliert uns. Die bringt uns Kaffee. Über der Tür hängt ein Jesuskreuz. Ich frage den dicken Dim, ob der mir

eine Räuberleiter macht. Der dicke Dim ist zu schwach und kann mich nicht halten.
Wir werden sehr früh geweckt. Wir gehen in die Kapelle. Eine von den Schwestern macht ein Morgenlob und alle beten wir zusammen einen Rosenkranz. Dann gibt es Frühstück. Jeder bekommt eine Scheibe Brot mit Rahm. Der dicke Dim isst nichts. Der dicke Dim und ich gehen in unser Zimmer. Was die anderen Kinder jetzt machen, weiß ich nicht. Der dicke Dim verrät es mir nicht. Nach dem Mittagessen gehen der dicke Dim und ich wieder in unser Zimmer. Am Nachmittag treffen wir uns draußen mit den anderen und alle beten wir zusammen wieder einen Rosenkranz. Die anderen Kinder gähnen. Vor dem Abendessen machen wir noch einmal einen Rosenkranz, aber diesmal muss dabei jeder für sich allein auf dem Gelände rumspazieren. Nach dem Abendessen gehen wir alle wieder in die Kapelle. Eine Schwester macht ein Abendlob. Wir beten zur Mutter der Barmherzigkeit. Wir gehen schlafen. Der dicke Dim und ich in unserem Zimmer. Die anderen Kinder im Schlaflager nebenan. Nur der dicke Dim und ich schlafen im großen Haus bei den Schwestern. Die anderen Kinder schlafen alle zusammen in einem großen Zelt.

Eine Schwester weckt mich mitten in der Nacht und nimmt mich mit in die Kapelle. Da stehen auch die anderen Schwestern. Ich soll mich hinknien. Die Schwestern stehen vor mir und halten sich an den Händen. Ein paar Kerzen brennen.
Die Schwestern sagen: Maria ist erschienen, um uns zu sagen, dass Gott existiert.
Ich sage: Gott existiert.

Die Schwestern sagen: Himmel oder Hölle, das heißt mit oder ohne Gott.
Ich sage: Mit Gott.
Die Schwestern sagen: Wir glauben für dich.
Ich sage: Ich glaube.
Die Schwestern sagen: Wir sehen Maria für dich.
Ich sage: Ich sehe.
Die Schwestern sagen: Sag uns, wer du bist.
Ich sage: Ich bin ein neuer Mensch. Hier bin ich neu geboren. Mein Herz ist rein und sauber. Die Königin des Friedens ist auch meine Königin. Die Frau aller Völker macht keinen Unterschied. An ihrer Hand steige ich auf in den Himmel. Die Mutter der Barmherzigkeit nimmt mich auf in ihrem Schoß und tröstet mich. Sie ist die Liebe. Ich bin ihr Zeuge.
Die Schwestern sagen: Maria, o Maria.
Ich sage: Maria, o Maria.
Eine Schwester schüttet mir mit einem Kelch dreimal Wasser über den Kopf.
Sie sagt: Ich taufe dich auf den Namen der Miterlöserin Maria.
Sie beugt sich zu mir runter, küsst mich auf die Stirn und sagt: Amen.
Ich sage: Amen.
Die Schwester nimmt mich an die Hand und bringt mich jetzt zum ersten Mal ins Schlaflager zu den anderen Kindern. Das ist ein großes Zelt. In dem Zelt stehen viele Hochbetten. Alle Kinder schlafen hier. Der Raum ist dunkel. Die Schwester hat eine Kerze in der Hand und bringt mich zu meinem Bett. Ich schlafe unten. Oben liegt schon der dicke Dim. Der ist noch wach. Als die Schwester weg ist, höre ich, wie er was zu mir runterflüstert. Ich kann das nicht verste-

hen. Ich haue von unten gegen die Matratze. Ich mache die Augen zu. Ich kann nicht schlafen. Ich glaube, dass der dicke Dim die ganze Zeit wach ist und auf mich aufpasst.

Nach dem Frühstück teilen die Schwestern uns in Zweiergruppen ein. Der dicke Dim und ich sind eine Gruppe. Jede Gruppe bekommt eine Aufgabe, die sie auf dem Gelände machen muss.
Das Gelände von der Gemeinschaft von den Söhnen Marias kannst du dir so vorstellen: In der Mitte ist die Kapelle. Daneben ist das große Haus. Da schlafen die Schwestern drin. Außerdem schlafen da die Kinder, die neu dazukommen. In meiner Zeit in der Gemeinschaft sind das ganz schön viele. Dazu kommen noch die verletzten Krieger. Aber das erkläre ich dir später. Die Neuen dürfen im großen Haus schlafen und bekommen von ihrem Freund die Gebete beigebracht. Neben dem großen Haus ist das Schlaflager. Das ist ein großes Zelt. Dahinter ist das Werkhaus. Daneben ist der Acker. Dahinter ist ein Stall für die Tiere. Da ist auch der Brunnen. Dahinter ist die Mauer.
Das Gelände ist riesig. Wir haben viel Platz. Das Gelände ist so groß, dass du nicht mal bis zum Ende gucken kannst. Dahin, wo die Steinmauer ist. Keiner von uns darf auf diese Mauer klettern oder rüberspringen. Wenn das einer von uns macht, fangen die Schwestern den sofort wieder ein.
Wir beten und arbeiten. Wir bauen einen zweiten Stall. Die Aufgabe vom dicken Dim und mir ist es, den anderen Kindern Bretter zu bringen. Vor dem Werkhaus steht ein Traktor mit einem Anhänger. Der hat hintendrauf ganz viel Holz. Latte für Latte schleppen wir zusammen ins Werkhaus. Da stehen unsere Brüder und die helfen den Schwes-

tern beim Sägen. Als das Wetter wieder besser ist, ziehen wir mit den Holzlatten Wände hoch. Immer mit einem Abstand von einer Armlänge. Dann kommen ein paar alte Männer und gießen Zement in die Lücke zwischen die Latten. Wenn der trocken ist, machen wir die Bretter ab und haben eine Mauer vom Stall. So machen wir das immer weiter, bis der Stall fertig ist. Dann bekommen wir die Ziegel und bauen Häuser für die Kinder.

Der dicke Dim und ich sind nicht stark. Als wir ein paar Tage lang Bretter ins Werkhaus schleppen, können wir nicht mehr.

Wir sagen: Schwester, wir können das nicht. Schauen Sie sich unsere Hände an. Schauen Sie sich unsere Knie an. Immer wieder fallen wir hin.

Die Schwester nimmt uns raus aus der Arbeit. Der dicke Dim bekommt die Aufgabe, mit zwei Schwestern zusammen auf den Erscheinungsberg zu steigen. Dort muss er Wasser für die Pilger verteilen und Spenden einsammeln. Da kommt immer was zusammen. Ich darf den ganzen Tag im großen Haus sitzen. Eine Schwester gibt mir ein Heft mit Buchstaben und ich muss die alle abmalen. Ich kann das schon aus der Schule. Aber jetzt lerne ich das alles noch besser. Die Schwester gibt mir ein Buch mit Geschichten über Maria und ich darf das lesen. Manchmal darf ich auch den Schwestern in der Küche beim Kochen helfen. Irgendwann kann ich das alles sehr gut. Ich bekomme eine neue Aufgabe. Nach dem Frühstück darf ich aus einem Buch Gebete und Lieder raussuchen. Nach dem Mittagessen darf ich mir ein Heft nehmen und da reinschreiben. Ich soll über unser Gelände gehen und alles aufschreiben. Wie das Wetter ist. Was die anderen Kinder machen. Welche Kinder ihre Arbeit nicht gut machen. Ich darf das alles aufschreiben und abends gebe ich das Heft einer Schwester und die kontrolliert das. Das mache ich jeden Tag. Bis der dicke Dim tot ist. Dann muss ich seine Aufgabe machen und ich darf auf den Erscheinungsberg.

Ich erzähle dir die Geschichte, wie der dicke Dim stirbt. Das ist im Winter. Überall liegt Schnee. Als der dicke Dim oben auf dem Erscheinungsberg ist und da sind gerade keine Pilger und auch die Schwestern sind irgendwo unten im Dorf und trinken einen Tee, da glaubt der dicke Dim, dass er was im Schnee sieht. Hinten bei den Sträuchern. Vielleicht ein schönes Tier. Oder irgendwas, das glitzert. Der dicke Dim will wissen, was das ist. Also geht der von der Stelle weg, wo die Jungfrau Maria erscheint. Weil ja auch gar kein Pilger da ist. Den Stoffbeutel mit dem warmen Wasser lässt er da liegen, der ist ihm zu schwer. Er geht rein ins Gestrüpp. Das, was er da sieht, ist jetzt aber weiter weg von ihm als gerade eben noch. Also geht der dicke Dim immer tiefer in den Schnee. Irgendwann dreht der sich um und ist schon so weit weg, dass er jetzt gar nicht mehr die Stelle sehen kann, wo die Königin des Friedens erscheint. Da bekommt er es plötzlich mit der Angst zu tun, weil der gar nicht mehr weiß, wo er überhaupt ist. Alles ist ganz weiß. Gerade als er sich auf den Boden kniet, die Hände faltet und die Augen schließt, merkt er, wie ihn was im großen Zeh zwickt. Erst denkt er sich gar nichts, weil bei uns in der Gegend zwickt immerzu irgendein Tier dir in die Füße. Auch im Winter. Aber als er wieder aufstehen will, spürt der dicke Dim seinen Fuß nicht mehr und fällt bewusstlos in den Schnee. Erst bei uns in der Gemeinschaft kommt er wieder zu sich. Die beiden Schwestern

finden den dicken Dim und fahren ihn mit dem Auto zu uns zurück. Sie bringen den dicken Dim ins große Haus und ich muss für ein paar Tage nichts in das Heft schreiben. Ich muss jetzt auf den dicken Dim aufpassen, weil ich sein Freund sein muss. Ich frage in der Küche nach einem Carepaket. Ich schmeiße da ganz viel Schnee rein und schleppe das zum dicken Dim ins Zimmer. Der Zeh ist ganz blau. Nach ein paar Stunden kannst du sogar zwei Punkte sehen, wo ihm einer reingebissen hat. Weißt du, was das für ein Tier ist? Der dicke Dim stellt seinen Fuß ins Carepaket. Sonst bekommt der dicke Dim keine Medizin und es kommt auch kein Doktor. Dem dicken Dim tut aber gar nicht der Fuß weh, sondern der Bauch. Der dicke Dim liegt drei Tage lang ganz krumm im Bett. Der dicke Dim muss viel würgen, aber es kommt nichts raus, weil der dicke Dim ja nie was isst. Irgendwie ist es dann aber wieder besser. Zumindest das mit den Bauchschmerzen. Ein paar Tage muss der sich noch erholen. Ich mache wieder meine Aufgabe und nehme mir nach dem Mittagessen das Heft und gehe über unser Gelände.
Ich schreibe auf: Das Thermometer an der Kapelle zeigt an: -8 Grad. Das Thermometer am Stall zeigt an: -6 Grad. Die Sonne steht über der Kapelle. Über dem Stall ist eine Wolke. Die Kinder sind in den Häusern. Die Krieger sind draußen hinter der Mauer und ein paar von denen schippen den Weg zum Gelände frei. Ich kann nicht sehen, was genau die machen.
Ich schreibe das alles ins Heft rein und dann spaziere ich bei den Ställen rum. Ich gucke mir die Tiere an. Und da sehe ich, wie der dicke Dim auf dem Brunnen steht und das Brett vom Loch runterschiebt. Ich laufe schnell rüber.
Ich sage: Was machst du?

Der dicke Dim sagt: Da sind Geister im Brunnen.
Ich sage: Komm da runter.
Der dicke Dim sagt: Meine Mutter ist da unten.
Ich packe ihn am Bein und werfe ihn runter in den Schnee. Wir kämpfen. Der dicke Dim ist ganz heiß und da wo er liegt, schmilzt der ganze Schnee sofort weg. So geht das ein paar Tage lang. Immer wieder sehe ich, wie der dicke Dim auf den Brunnen klettert. Der dicke Dim schiebt das Brett weg und ruft seine Mutter. Als der dicke Dim den Biss bekommt, macht das seinen Kopf kaputt. Der ist völlig bekloppt. Wenn wir abends im Bett liegen, redet der dicke Dim immer noch von den Geistern. Ich verrate das nicht den Schwestern und ich schreibe das auch nicht ins Heft. Auch nicht, als der dicke Dim stirbt. Da komme ich zu spät. Ich sehe schon, wie der dicke Dim wieder auf den Brunnen raufklettert und das Brett runterschiebt. Ich laufe schnell rüber. Der dicke Dim sieht, dass ich zu ihm hinrenne. Der dicke Dim springt. Ich höre nur, wie er unten reinknallt. Maria, o Maria. Das hört sich an, wie wenn die Holzlatte bricht. Als ich am Brunnen stehe und runtergucke, kann ich den dicken Dim gar nicht sehen. Ich schiebe das Brett wieder auf den Brunnen. Ich werfe was von dem Schnee drauf. Dass der dicke Dim tot im Brunnen liegt, verrate ich keinem.
Ins Heft schreibe ich rein: Der dicke Dim klettert über die Mauer, ich kann ihn nicht festhalten.
Zwei Schwestern fahren mit dem Auto rum und wollen den dicken Dim wieder einfangen. Die finden ihn nicht. In der Gemeinschaft sprechen wir nie wieder über den dicken Dim. Wie lange ich da schon in der Gemeinschaft bin, weiß ich nicht. Die Tage sind immer gleich. Ich suche Gebete und Lieder aus den Büchern raus. Ich schreibe auf, was auf un-

serem Gelände passiert. Die Schwestern machen mir einen Zettel mit Fragen und kleben den vorn ins Heft. Diese Fragen muss ich beantworten. Jeden Tag. Das ist meine Aufgabe.

WIE DU DAS HEFT FÜHREN MUSST

- x Wie ist die Temperatur an der Kapelle?
- x Wie ist die Temperatur am Stall?
- x Wie sehen die Wolken aus?
- x Ist eines der Tiere krank oder unruhig?
- x Welche Arbeiten werden heute ausgeübt?
- x Welche Brüder machen ihre Arbeit gut?
- x Welche Brüder machen ihre Arbeit nicht gut?
- x Ist Alkohol auf dem Gelände?
- x Bei wem?
- x Gibt es Streitereien unter den Brüdern?
- x Fluchtversuche?

MACH, DASS DU VERSCHWINDEST

Die Kaschemme ist jetzt keine Kaschemme mehr. Die jagt einer in die Luft. Da ist nur noch ein verkohltes Loch. Katzen und Hunde rennen da rum. Tango ist nicht dabei. Ich gehe ein paar Meter. Das ist ein übler Gestank. Mir ist schwindelig. Ich huste. Ich spucke auf den Boden. Ich halte mich an einem Brett fest, das einer in den Boden schlägt. Da steht drauf: Dieses Bauvorhaben wird mit Spenden finanziert. Aber ich kann da nichts sehen. Entweder jagt das auch einer in die Luft oder die Bauarbeiter bauen da einfach nichts hin.

Der einbeinige Dschib ist in unserer Bude. Der liegt da nur noch rum. Vor ein paar Tagen gehe ich raus und mache die Schubkarre für ihn fertig. Aber der einbeinige Dschib kommt nicht aus dem Haus. Ich gehe wieder rein und da liegt der noch in seiner Ecke.

Ich sage: Was ist los?

Ich sehe, dass der einbeinige Dschib viel Schleim ausspuckt. Sein Mund blutet.

Der einbeinige Dschib sagt: Ich kann nicht.

Ich mache ihm jeden Morgen einen Tee mit den Kräutern von der Alten. Jeden Tag geht es ihm ein bisschen besser. Wenn der den Tee trinkt, muss er ganz viel husten und rotzt den ganzen Schleim aus sich raus. Als ich heute Morgen aus unserer Bude gehe, sieht der fast schon aus, wie wenn er Kraft hat.

Ich mache mich allein auf den Weg. Die Schubkarre nehme ich trotzdem mit, damit ich mehr einladen kann, wenn ich was finde. Und ich finde auch eine ganze Menge. Hinten an der Schule, wo die Front ist, da schlagen viele Geschosse rein. Ich schmeiße ein paar Metallteile in die Schubkarre. Und ich sammle eine ganze Menge Patronen ein, die keiner abschießt.

Eine Menschengruppe kommt mir entgegen. Frauen und Kinder. Die sagen nichts. Die Mütter sehen mich und ziehen ihre Kinder an sich ran. Ich denke erst, dass da eine von den Cousinen dabei ist. Aber die Frau trägt nur die gleiche Trainingsjacke von Adidas. Und als ich da stehe und rumgucke, kommt ein Panzerwagen über den Schutt gefahren. Oben guckt ein Mann raus. Der hat einen Helm auf dem Kopf und ruft etwas. Der kommt aus einem anderen Land. Die Frauen und die Kinder rennen hinter den Wagen und ducken sich. Der Wagen fährt ganz langsam weiter. Die Frauen und die Kinder laufen hinterher. Die biegen um die Ecke und ich kann sie nicht mehr sehen.

Ich gehe zurück zu unserer Bude und stelle die Schubkarre hinters Haus. Ich bin sehr müde. Ich bringe das Metall und die Patronen rein. Der einbeinige Dschib ist nicht da. Seine Krücke ist weg. Dem geht es jetzt wieder gut. Der ist los und macht irgendwo ein paar Spiele. Ich stelle das ganze Material vor den Küchenschrank auf die Pappe. Ich lege mich in meine Ecke. Ich schlafe ein.

Als ich aufwache, ist der einbeinige Dschib noch immer unterwegs. Der Himmel ist schon rot. Ich gehe hinters Haus und mache ein Feuer. Es ist dunkel. Ich stelle einen Topf aufs Feuer. Ich kippe Wasser aus dem Kanister rein. Das Kräuterglas vom einbeinigen Dschib ist leer. Das Wasser kocht. Ich schütte es in das Kräuterglas und trinke das. Ich rauche einen Stummel. Ich gehe wieder rein in die Bude.

Am nächsten Morgen ist der einbeinige Dschib auch nicht

da. Ich gucke auf die Wand neben mir. Hundertneunundvierzig Elefanten male ich da schon hin. Ich bringe die Metallteile und die Patronen ins Nebenzimmer. Da fehlen zwei Tüten Schießpulver. Einer nimmt sie hier weg. Ich gehe hinters Haus und gucke mir unsere Sachen an. Da fehlt nichts.
Ich gehe unsere Straße runter. Zu der Frau mit den Hühnern. Ich haue gegen die Bretter. Die macht nicht auf. Ich haue noch einmal gegen die Bretter. Ich kann hören, wie die Hühner rumgackern. Ich sehe, wie oben einer die Pappe vom Fenster zieht. Die Frau guckt raus.
Ich sage: Haben Sie den einbeinigen Jungen gesehen? Der wohnt drei Häuser weiter.
Die Frau sagt: Ein Einbeiniger?
Sie lacht und zieht die Pappe wieder zu.
Ich gehe zu Brücke eins. Kein Krieger kontrolliert, also laufe ich schnell rüber. Ich komme am Hotel Vegas vorbei. Von außen sind Bretter an die Fenster und Türen genagelt. Wo schlafen die Menschen aus den anderen Ländern, wenn die nicht im Vegas schlafen? Bist du auch aus einem anderen Land?
Ich gehe zur Ausgabestelle. Zwei Frauen stehen hinter den Töpfen und verteilen Polenta mit heißem Wasser. Die Schlange ist nicht lang. Ich stelle mich an. Ich bekomme eine Plastikschale mit einer großen Kelle. Der Brei ist dünner als sonst. Ich werfe die Schale in die große Mülltüte.
Über Brücke zwei gehe ich wieder auf unsere Seite vom Fluss. Als ich am Zoo ankomme, gehe ich durch das Loch im Zaun. Ich gehe zu den Elefanten. Ich gehe in die Höhle. Die Alte ist nicht da. Es sieht aus, wie wenn die Alte hier nie da ist. Kein Ofen, keine Tüten, kein Krankenhausbett. Nichts.

Das Auto ist nicht da. Die Tiere sind nicht da. Das Beet ist nicht da. Ich gehe zu den Robben. Unser Mädchen sitzt noch immer am Felsen. Ich verscheuche ein paar Vögel und mache ihr die Haare aus dem Gesicht.
Ich gehe raus aus dem Zoo. Ich gehe am Kaufhaus entlang, hoch Richtung Norden. Bei den umgekippten Sattelschleppern steht ein Krieger mit einem Maschinengewehr vor der Brust. Ich erkenne nicht, zu wem der gehört.
Der Krieger sieht mich und sagt: Mach, dass du verschwindest.
Also biege ich rechts ab und gehe zu unserer Bude. Ich lege mich in meine Ecke. Ich schreibe eine Seite von der Geschichte. Ich schlafe kurz ein. Als ich die Augen wieder aufmache, denke ich erst, dass da der einbeinige Dschib in seiner Ecke liegt. Aber das ist Tango. Der Hund guckt mich an. In der Stadt ist es still wie lange nicht. Ich höre keinen.
Ich nehme mir eine leere Plastiktüte aus dem Küchenschrank. Die Holzkiste mit meinen Sachen nehme ich auch mit. Ich gehe hinters Haus. Die Schubkarre steht noch immer da, wo ich sie gestern hinstelle. Mit unserer Schaufel grabe ich ein Loch. Tango hilft mir. Wir machen kein tiefes Loch. Aber so, dass die Kiste reinpasst. Ich mache die noch mal auf und gucke mir alles an. Das versteinerte Stück Holz von dem Vater, das Foto von dem Jungen und dem Bruder aus dem Gärtchen, den Zauberwürfel. Das Taschenmesser lege ich dazu und das Zippo auch. Den Brief von der Oma klemme ich in dieses Heft. Zusammen mit dem Bleistift werfe ich es in die Plastiktüte. Ich drücke die Kiste runter in die Erde. Ich buddle das Loch wieder zu.
Der einbeinige Dschib kommt nicht wieder. In unserer Bude ist keiner mehr. Vielleicht findet einer das restliche

Schießpulver und das Metall und der kann das tauschen oder richtig damit kämpfen.

Ich gehe am Fluss entlang. Die Plastiktüte mit dem Heft binde ich mir ans Handgelenk. Ich gehe Richtung Süden. Vorbei an Brücke eins. Vorbei an den Resten von der alten Brücke. Von hier aus sehe ich die Schule und das ausgebrannte Kaufhaus. Oben auf dem Berg vor mir ist das Jesuskreuz. Den verrosteten Panzer kann von hier unten keiner sehen. Ich gehe auch vorbei an Brücke zwei. Tango folgt mir. Manchmal läuft der ein paar Meter vor mir. Manchmal lässt der sich zurückfallen. Als wir schon lang aus der Stadt raus sind, schießt er plötzlich an mir vorbei und wartet erst an der nächsten Flussbiegung auf mich. Wir gehen immer am Fluss entlang. Nur am Fluss. Die Sonne scheint. Keine einzige Wolke ist am Himmel. Wir wandern durch Täler und Schluchten. Im Schatten von einem Felsen machen wir eine Pause. Wir ruhen uns aus. Ich mache das Unterhemd nass. Ich sehe einen Fisch im Fluss schwimmen. Er schwimmt in die Richtung, in die wir weitergehen wollen. Wir kommen durch ein Dorf. Ein paar Häuser stehen da rum, eine Wassermühle und drei Ställe. In einer Hofeinfahrt sind ein paar Weinreben und ich pflücke mir die Trauben ab. Vor einem Futtertrog liegt das Skelett von einer Kuh. Bei einer Garage hängt in einem Gebüsch eine von den Tüten, mit denen ich das Schießpulver sammle. Kannst du den einbeinigen Dschib hier irgendwo sehen? Einen Tag lang warten wir auf ihn. Aber der taucht nicht auf. Also gehen wir weiter. Wir treffen keinen. Einmal müssen wir den Weg vom Fluss verlassen. Ich kann nicht über die Felsen klettern, die da sind. Wir gehen durch einen Wald. Ein paar Vögel sind oben in den Bäumen. Als wir da langgehen, falle ich in ein Loch. Das buddelt einer und deckt es mit Blättern zu, damit ich da reinfalle. Tango steht oben und ich höre, wie er bellt. Er haut ab und kommt nicht mehr zurück. Ich wühle in den Blättern rum und gucke, ob da vielleicht ein Brett liegt. Aber ich finde nur einen Helm und einen Stiefel. Ich drehe den Helm um und da liegt ein Gebiss auf dem Boden. In dem Stiefel hängt noch das Schienbein. Ich kann nicht rausklettern. Eine Nacht sitze ich schon in diesem Loch und auch dieser Tag ist bald wieder rum. Die Sonne ist schon fast weg. Ich höre, wie oben einer was durch den Wald schleift. Ein großes Tier mit seiner Beute. Aber dann schubst Tango von oben eine Wanne runter. Eine Aluwanne ist das. Eine Wanne, in der einer früher Babys badet. Ich drehe die Wanne um und steige drauf. Gerade so komme ich jetzt oben an den Boden und da ist eine große Wurzel. Da kann ich mich dran festhalten. Ich schaffe es nicht gleich. Ich brauche ein paar Versuche, bis ich so an der Wand rumstrampeln kann, dass ich mich da rausziehe. Tango bellt und springt an mir hoch. Der will mir was zeigen. Ich binde mir schnell wieder die Plastiktüte mit dem Heft ans Handgelenk und gehe ihm hinterher. Tango läuft immer ein paar Meter vor und wartet dann auf mich. Wir kommen aus dem Wald raus. Rechts von uns können wir in der Dämmerung wieder den Fluss sehen. Hier ist ein Pfad. Auf dem Pfad geht schon lange keiner mehr. Sträucher wachsen rechts und links in den Weg. Der Pfad führt immer höher in die Berge. Ich will mich ausruhen, aber Tango bellt ganz laut. Ein kleines Stück noch. Oben sehe ich ein paar Häuser auf dem Gipfel stehen. Als wir da ankommen, ist es schon dunkel. Nur der Mond leuchtet und die Sterne. Keiner lebt da. Keiner ist da. Als plötzlich ein Bock neben uns auf einem Felsen steht. Wir schauen ihn an. Der schaut uns an. Der Bock macht ein paar Sprünge und dann kann ich den nicht mehr sehen in der Dunkelheit. Wir gehen langsam zwischen den Häusern herum. Alte Steinhäuser sind das. Die meisten von den Häusern sind Ställe oder Heuschuppen oder Räucherscheunen. Eine kleine Kapelle steht dort. Davor sind Gräber. Wir gehen da hin. Das sind Marmorgräber und der Stein ist warm. Tango und ich legen uns auf den Marmor. Ich binde mir die Tüte vom Handgelenk. Wir ruhen uns aus. Wir frieren nicht. Wir schlafen ein.

Erst als morgens die Grillen heulen, mache ich die Augen wieder auf. Die Sonne scheint mir ins Gesicht. Ich fahre mir mit der Zunge über die Lippen. Ich habe Salz auf den Lippen. Ich stehe auf. Von hier oben kann ich es endlich sehen. Ich sehe das zum ersten Mal in meinem Leben. Trotzdem weiß ich ganz genau, dass ich jetzt da bin. Ich bin am Meer. Das ganze Land unter mir ist voller Wasser. Und alle Toten, die mit ihren Geschichten neben mir in den Gräbern liegen, die sehen das auch.

DER LETZTE TAG

Die Plastikschale auf den Knien, weiß der Junge zunächst nicht, wie er den Fisch mit seinen Händen greifen und zum Mund führen soll. Mit der Linken packt er ihn am Kopf und mit der Rechten reißt er sich einen großen Lappen vom Bauch heraus. So stopft er sich Stück für Stück in den Mund. Innerhalb weniger Sekunden hat er das ganze Tier verschlungen. Er kann sich nicht daran erinnern, jemals zuvor in seinem Leben etwas so Köstliches gegessen zu haben. Der Junge bleibt an der Fährmauer auf der Treppe sitzen, bis der Mond hoch über dem Meer steht und er in weiter Ferne die Lichter eines Schiffes erkennen kann. Der Junge steht auf, zieht sich sein Unterhemd aus und greift sich hinten an den Rücken. Er öffnet die Schnallen seines Korsetts.

KINDER UND KRIEGER

Wir sind ein ganzer Haufen von bekloppten Kindern. Das sagen die Krieger. Ihr seid ein ganzer Haufen von bekloppten Kriegern. Das sagen wir. Zusammen sind wir ein ganz großer Haufen von bekloppten Kindern und Kriegern. Dabei sind die Krieger ja nur bei uns im Sehergebirge, weil die verletzt sind. Die können nicht mehr in den Großen Kampf und einer muss sich um die kümmern.

Vormittags darf ich ins große Haus von den Schwestern. Ich

muss Gebete und Lieder raussuchen. Nachmittags darf ich das Heft führen. Noch besser ist es, als der dicke Dim tot ist. Ich muss nicht mehr bei uns auf dem Gelände sein. Jetzt darf ich allein auf den Erscheinungsberg.
Dass der dicke Dim stirbt, ist nicht lange her. Und die Krieger kommen schon, als der dicke Dim noch lebt. Aber bevor du das mit den Kriegern verstehst, musst du verstehen, wie wir leben. Sonst geht das alles durcheinander.
Es gibt keine Mädchen bei uns. Nur Jungs. Meine Brüder. Und die Schwestern. Oft kommen Männer auf unser Gelände. Wenn wir was bauen, das wir nicht allein bauen können. Wenn du Zement gießen musst. Oder wenn du allein mit einem schweren Brett auf eine Leiter hochklettern musst. Wenn du Ziegel auftürmen musst. Dann kommen die älteren Männer aus den Dörfern drumherum und sagen uns, was wir tun müssen. Wir helfen. Wir schleppen Carepakete mit Werkzeug zur Mischmaschine. Oder das Brett zur Leiter. Ich nicht. Ich schreibe das auf. Die Brüder, die nicht so stark sind, sind mit den Schwestern bei den Ställen oder auf dem Acker. Da sagen uns die Schwestern, was wir machen müssen.
Ein Bus fährt auf unser Gelände und da sind hinten ganz viele Fenster drin. Die Rahmen sind noch dran. An den Rahmen fehlt ein Stück oder einer schießt ein Loch rein. Mit den Fenstern bauen wir ein Gewächshaus. Das ist ganz einfach. Wenn die Sonne scheint, machen wir die Fenster auf und dazwischen wächst was.

V

Und wenn es kalt ist oder regnet, machen wir die Fenster zu. Der Acker geht nicht kaputt. Der Regen prasselt auf die Fenster.

Wir bekommen alle was zum Anziehen. Eine Sporthose und ein Unterhemd im Sommer. Eine Jogginghose und einen Pulli im Winter. Schuhe bekommen wir keine.
Die Schwestern sagen: Auf dieser Erde erscheint uns Maria.
Wir sagen: Maria, erscheine uns.
Die Schwestern gehen auch barfuß. Die Männer, die uns beim Arbeiten helfen, haben richtige Schuhe an. Aber wenn du ein paar Monate ohne Schuhe rumspazierst, tut das auch gar nicht mehr weh. Und hier in der Gegend bist du ohne Schuhe sogar sicher auf den Felsen. Du merkst, wo es glatt ist. Ich sehe viele von den Pilgern, wie die hinfallen. Ich nicht. Meine Brüder auch nicht.
Die Tage sind wie der Rosenkranz. Die Schwestern wecken uns. Wir beten. Wir frühstücken. Wir arbeiten. Wir beten. Wir essen zu Mittag. Wir arbeiten. Wir beten. Wir machen eine Pause. Wir arbeiten. Wir beten. Wir essen zu Abend. Wir beten. Wir schlafen.
Keiner weiß, wieviel Zeit vergeht. Keiner weiß, wie viele Jahre er hier ist. Alles, was wir wissen, ist, dass Maria erscheint und dass die Krieger kommen. Da kämpfen die schon eine lange Zeit. Bei uns in der Gemeinschaft bekommen wir davon nicht viel mit. Manchmal hören wir, wie weit entfernt

Granaten einschlagen. Bis zu uns kommen die aber nicht. Nur einmal, da sollen wir alle in den Keller vom großen Haus gehen. Und manche von meinen Brüdern freuen sich schon, dass es jetzt ordentlich knallt. Aber dann passiert gar nichts. Auf dem Kellerboden schlafen wir ein, weil auch das Licht aus ist.

Der Tag, an dem die ersten Krieger kommen, ist ein heißer Tag. Ins Heft schreibe ich rein: Das Thermometer an der Kapelle zeigt an: 36 Grad. Das Thermometer am Stall zeigt an: 39 Grad. Und ich stehe jetzt mit ein paar Kindern am Acker und schreibe auf, dass der Blonde keine Kartoffeln mehr aufsammeln kann. Das Kind hat einen Krampf in der Hand, und immer wenn es nach einer Kartoffel greift, fällt sie ihm wieder runter in den Staub.

Ein kleiner Bus fährt auf unser Gelände und bleibt direkt vor dem großen Haus stehen. Der Fahrer steigt aus und geht hinter den Bus. Als er wieder vorkommt, tauchen da sechs Männer auf. Dem ersten fehlt das rechte Bein. Dem zweiten fehlt das linke Bein. Dem dritten fehlt der rechte Arm. Dem vierten fehlt der linke Arm. Der fünfte und der sechste sehen nicht so kaputt aus. Ich laufe schnell hin, aber dann sind die schon alle im Haus und die Tür ist zu. Es dauert ziemlich lang, bis der Fahrer wieder rauskommt.

Ich sage: Sagen Sie mir, was die Männer hier wollen?

Der Fahrer sagt: Wie siehst du denn aus?

Ich sage: Ich passe hier auf.

Der Fahrer sagt: Und wie heißt du?

Ich sage: Ich bin Viktor.

Der Mann gibt mir die Hand. Wenn der bei uns vorbeikommt, geben wir uns jetzt immer die Hand. Der kommt

noch oft. Der bringt uns noch viele von den verletzten Kriegern in die Gemeinschaft. Ein paar von denen können gut arbeiten. Aber viele können auch nur die Tomaten waschen oder die Kartoffeln schälen. Die Krieger kommen alle mit diesem Mann. An dem Tag, an dem der dicke Dim stirbt, kommt der Mann auch mit dem Bus auf unser Gelände. Hintendrin hat der diesmal nur einen einzigen Krieger. Das ist der Krieger, der jetzt in dem Bett schläft, in dem vorher noch der dicke Dim schläft. In dem Bett über mir.
Der Krieger kommt aus dem Dorf der Verrückten. Der sitzt im Rollstuhl. Und weil der auch nicht gut arbeiten kann, muss der jetzt das Heft führen. Ich muss auf den Erscheinungsberg und die Aufgabe vom dicken Dim machen. Ich darf das ohne die Schwestern.

Nach dem Abendgebet schiebe ich den Krieger mit dem Rollstuhl in unser Haus. Der Krieger will oben schlafen. Der kann aber nicht selbst hochklettern. Wenn wir uns abends ausziehen müssen, kommt dann also eine Schwester und hilft uns. Zuerst muss ich mich hinstellen und die Hände oben ans Bett halten. Die Schwester macht mir die Rückenspinne ab. Die Schwester cremt mich ein. Dann kommt der Krieger dran. Ich mache den Beutel von seinem Rollstuhl ab. In den Beutel strullt der rein. Ich hänge den Beutel oben ans Bett. Die Schwester hat einen Eimer dabei und lässt da die ganze Strulle reinlaufen, damit der Beutel wieder leer ist. Die Schwester stellt sich vor den Krieger. Der umarmt die, wie wenn die verliebt sind. Die Schwester ist stark. Die zieht mit ihrem Hals den Krieger so hoch, dass der sich selbst oben am Bett festhalten kann. Wenn der sich da so ranklammert, drücke ich von unten gegen seinen Po. Die Schwester

kommt schnell rum und wir schieben ihn hoch ins Bett. Zum Glück ist der Krieger aus dem Dorf der Verrückten gar nicht dick. Wir bekommen das zu zweit gut hin.
Seit nicht mehr alle in dem Zelt schlafen, ist es ruhiger nachts. Es gibt jetzt viele kleine Häuser. Die haben alle ein Zimmer. In ein Zimmer passen fünf Hochbetten. Der Krieger und ich haben mit den anderen Kindern und Kriegern nichts zu tun. Die anderen wollen mit uns nichts zu tun haben. Die haben Angst, dass wir was über sie aufschreiben. Dass der Krieger ein Messer hat, weiß keiner. Das ist ein Taschenmesser und das klemmt der unter den Rahmen vom Rollstuhl. Wenn du vor ihm stehst und auf den Rollstuhl guckst, kannst du das Messer nicht sehen.

Jeden siebten Tag muss keiner arbeiten. Ich muss nicht auf den Erscheinungsberg. Die anderen müssen nichts bauen und auch nichts auf dem Acker machen. Nur die vielen Gebete und das Essen sind wie immer. Manchmal wollen meine Brüder, dass ich das Ta-ta-Spiel mitspiele. Aber jetzt bin ich zusammen mit dem Krieger hinten bei den Ställen. Wir gucken uns die Tiere an. Wir stehen bei den Ziegen und es ist ganz still. Früher sind das mal sieben Ziegen. Aber die Schlange tötet zwei Ziegen. Ich töte die Schlange. Jetzt gibt es noch fünf Ziegen und die sind auch alle da. Die Kinder sind bei der Kapelle und spielen Ta-ta. Die anderen Krieger sitzen ganz hinten bei der Mauer und singen ein Lied. Der Schäferhund liegt neben uns unter dem Baum. Der Hund schläft. Ich setze mich auf die Stallmauer und der Krieger steht mit seinem Rollstuhl am Gitter und guckt da durch die Stangen. Ich erzähle ihm die Geschichte vom dicken Dim.

Der Krieger sagt: Hast du ihn in den Brunnen geschubst?
Ich sage: Wie bitte?
Der Krieger sagt: Das ist ja gar nicht schlimm.
Ich sage: Ich?
Der Krieger sagt: Du.
Ich sage: Was ist das für eine Frage?
Der Krieger sagt: Hast du ihn in den Brunnen geschubst?
Ich sage: Der dicke Dim ist von allein reingesprungen.
Abends liegen wir im Bett und ich kann nicht einschlafen. Der Krieger ist auch wach. Draußen ist es ganz still. Der Krieger aus dem Dorf der Verrückten flüstert was von oben runter.
Der Krieger sagt: Du warst es.

Es ist in diesem Sommer, dass ich das erste Mal seit langer Zeit aus der Gemeinschaft von den Söhnen Marias rauskomme. Zwei Schwestern fahren mich mit dem Auto zum Erscheinungsberg. Auf dem Weg stehen rechts und links von der Straße ganz viele Bäume.
Ich frage die Schwestern: Was sind das für Bäume?
Die Schwestern sagen: Das sind Kiefern.
Die Schwestern zeigen mir den Weg hoch zum Gipfel und erklären mir meine Aufgabe. Ich bekomme eine Büchse und einen Stoffbeutel. Solche Stoffbeutel nehmen Menschen mit, die durch die Wüste fahren und für lange Zeit keine Tankstelle und keine Imbissbude finden können. In dem Beutel ist Wasser aus dem Brunnen, in dem der dicke Dim liegt.
Ich stehe oben auf dem Berg. Da wo die Jungfrau Maria vor vielen Jahren zum ersten Mal erscheint. Und immer wenn eine Gruppe von Pilgern kommt, knien die sich hin. Ich las-

se was von dem Wasser in ihre Hände tropfen. Die Pilger trinken das.
Ich sage: Die heilige Maria Mutter Gottes sei mit euch.
Immer wenn ich den Pilgern was von dem Wasser gebe, werfen die mir eine Münze in die Büchse. Eine Woche lang gehe ich mit den Schwestern zusammen auf den Berg. Dann darf ich alleine hoch. Die Schwestern fahren mich bis unten an den Berg ran. Ich steige aus und schnalle mir den Stoffbeutel mit dem Wasser um. Ich gehe auf den Berg. Das dauert zweieinhalb Rosenkränze. Der Weg ist steinig.
Nach zwei Wochen schon verbrennen die Schultern. Ich stehe da nur in der Sonne rum. Jeden Tag brennt die Sonne heißer. Ich werfe mir Staub auf die Schultern. Die Fliegen kreisen um meinen Mund. Ich brauche beide Hände für das Wasser und kann die nicht wegschlagen. Die Pilger sind immer Frauen. Frauen, die für ihre Söhne beten. Die Söhne sind die Krieger im Großen Kampf.
Vor mir kniet eine Frau. Die ist so alt wie die Tante. Die betet ganz laut und weint. Ich stehe direkt vor ihr und höre zu. Die ist ganz schön wütend auf ihren Sohn und auch auf Maria. Ich kann gar nicht richtig verstehen, was die sagt, weil die so durcheinander spricht.
Ich glaube, das ist so: Als die vom Militär den Sohn holen wollen, haut der ab. Da ist der noch nicht mal ein richtiger Mann. Der schafft es ganz allein in ein anderes Land. Da wohnt der jetzt mit anderen Männern zusammen, die auch vor dem Großen Kampf abhauen. Einer bringt die mit einem Bus zu einer Baustelle, wo die viel Geld verdienen. Aber der Sohn von der Frau hat Heimweh. Der hat so großes Heimweh, dass der sich in einen anderen Bus setzt und wieder zurückfährt. Hierher. Zu uns. Ins Land aller Völker.

Die kassieren den natürlich sofort ein, als der ins Land reinkommt. Die drücken dem ein Gewehr in die Hand. Die geben dem einen Kuss links auf die Wange und einen Kuss rechts auf die Wange. Jetzt liegt der hinten in den Bergen bei der Stadt der Brücken. Der liegt da mit noch einem Krieger in einem Bunker und guckt den Berg runter. Wenn einer von unten hochkommt, knallt der den ab. Aber wenn der nicht so viel Glück hat, ist er eben zuerst tot, weil da einer eine Handgranate in den Bunker wirft. Die Mutter ist jetzt auf jeden Fall wütend auf den Sohn, weil der wieder hier zu uns zurückkommt. Die Frau wirft mir auch gar nichts in die Büchse. Die kniet vor mir und guckt mich nicht mal an.
Wie wenn ich eine Antwort weiß, fragt die immer wieder: O Maria, kann die Sehnsucht denn so unbarmherzig sein?

DAS UNENDLICHE MEER

Von hier oben sieht es so aus, wie wenn das Meer sich ins Land reindrückt. Wie wenn das Meer sich mit aller Kraft durch den Wald und durch die Schlucht ins Land schieben will. Dabei ist es ja genau andersrum. Der Fluss ist ewig unterwegs, weil der hier unbedingt ankommen will. Wie auch ich hier ankomme. Der Fluss trägt alles Leben und alle Toten und alle Geschichten. Aus allen Ländern und aus allen Völkern. Alles versinkt hier. Im Meer. Und wenn es irgendwann mal keine Geschichte mehr gibt, wenn keiner mehr was erzählt, wenn keiner mehr zuhört, ist das die Finsternis. Die Finsternis, aus der hier keiner mehr rauskommt. Auch du nicht. Egal wo du bist.

BUBKA

Mitten in der Nacht wache ich auf. Es ist dunkel in unserem Zimmer. Ich kann die anderen Hochbetten nicht sehen. Es ist warm. Das Kopfkissen ist ganz nass. Ich glaube, dass ich Fieber habe. Aber dann merke ich, dass es von oben runtertropft. Der Beutel mit der Strulle hat ein Loch. Ich schlafe wieder ein.

Die Sonne knallt in unser Zimmer. Maria, o Maria. Das Kopfkissen ist ganz nass. Das ist voller Blut. Meine Hände sind voller Blut. Die anderen Kinder schlafen noch. Ich steige aus dem Bett. Unter meinem Fuß spüre ich die Klinge von dem Taschenmesser. Ich verletze mich nicht. Ich halte mich oben am Gitter fest und da sehe ich, wie der Krieger aus dem Dorf der Verrückten im Bett liegt. Der ist tot. An seinem Hals ist ein Loch. Das ist gar nicht so groß. Das Blut tropft durch die Matratze runter zu mir aufs Kopfkissen.

Ich nehme schnell das Taschenmesser vom Boden und klemme es mir unter die Rückenspinne. Ich gehe zum großen Haus. Die Schwestern sind schon wach. Ich mache eine Meldung. Die Schwester nimmt mich an die Hand und geht mit mir zum Brunnen. Ich muss mich ausziehen. Die kippt drei Eimer Wasser über mich rüber. Ich bin sauber. Ich ziehe

mich an. Als ich in die Sporthose steige, fällt das Taschenmesser auf den Boden. Die Schwester guckt mich an. Die Schwester hebt das Messer auf. Sie hält es in der Hand. Sie sagt nichts. Sie guckt mich an. Ich gucke sie an. Ganz langsam nehme ich ihr das Messer wieder aus der Hand.
Nach dem Morgengebet fahren mich zwei Schwestern zum Erscheinungsberg. Aber diesmal steige ich nicht auf den Berg. Die Schwestern fahren weg und ich bleibe unten stehen. Ich gucke mir an, wie die Pilger bei den Geschäften rumspazieren. Die kaufen da kleine Figuren und Bilder von der Königin des Friedens. Ich bleibe da bestimmt einen Rosenkranz lang an der Schotterpiste stehen und gucke mir das an. Einmal wirft mir eine Frau sogar eine Münze in die Büchse. Dabei gebe ich ihr gar kein Wasser.
Auf der anderen Straßenseite hält ein kleiner Bus. Und als ich genauer hingucke, sehe ich, dass da der Mann am Steuer sitzt, der auch die Krieger zu uns in die Gemeinschaft bringt. Das ist Bubka. Der winkt mich rüber. Obwohl das verboten ist, steigt der Junge in den Bus ein und fährt mit. Von nun an fahren sie jeden Morgen zu zweit zu dem kleinen Laden und abends wieder zurück. Der Junge sitzt vor Bubkas kleinem Laden und trinkt Fanta. Bis zu dem Tag, an dem es zu Gefechten im Sehergebirge kommt.
Aber genau jetzt sitzt dieser Junge auf einem Marmorgrab, weit oben im Berg. Seit die Sonne aufgeht, schaut der Junge runter ins Meer. Der Junge nimmt das Heft und den Bleistift aus der Plastiktüte. Der Junge schreibt das letzte Kapitel.

WIE ICH MIR DAS GLÜCK VORSTELLE

Wir sind viele. Immer bleiben wir zusammen. Um genau zu sein, sind wir seit gestern achtundzwanzig. Patma, Rani, Tusko, Jing, Jong, Hoang, Rosie, Kamala, Bona, Huso, Amira, Sawasa, Arosina, Kithaka, Nikolina, Jako, Mutara, Turkwel, Tano, Shukuru, Naipoki, Kilabasi, Bomani, Kwale, Narok, Lily, Ndololo und ich. Ndololo ist erst seit gestern dabei. Als die Sonne direkt über uns ist, steht der mit einem Mal bei uns am Wasserloch und geht nicht mehr weg. Die Mutter und die Tanten diskutieren mit der Oma, was sie jetzt machen. Ndololo sieht hungrig aus. Der ist erst ein paar Wochen alt. An seinen Augen sind ganz tiefe Falten. Wie wenn der uns damit was sagen will, rennt er immerzu mit dem Kopf gegen einen Baum. Der schafft es auch wirklich, ihn umzuknicken. Das dauert alles Ewigkeiten und die Oma schubst Ndololo ein paar Mal sogar weg. Aber nach fünf Schritten bleibt der wieder stehen und kommt zu uns zurück. Weil das alles so lang dauert, lege ich mich zusammen mit Arosina und Lily ins Gras und wir schlafen ein. Als Rosie uns weckt, sehe ich, dass Tante Amira diesem Ndololo was zu trinken gibt. Den restlichen Tag läuft Ndololo immer an der Seite von Tante Amira, damit er nichts von der Sonne abbekommt. Die Ohren von Ndololo sind nämlich ein bisschen angekokelt. Bestimmt läuft der die letzten Tage ganz allein hier rum und hat keinen, der ihm Schatten macht. Aber davon erzählt der nichts und ich frage auch nicht nach. Der sieht traurig aus. Und gerade eben, als die Sonne aufgeht und wir losziehen wollen, steht der wieder ein paar Längen von uns weg. Der steht einfach nur da und guckt in die

Sträucher und schnüffelt rum. Tante Amira geht zu ihm und sogar Kithaka und Mutara gehen zu ihm. Alle streicheln ihn und dann kommt Ndololo endlich mit uns mit. Er läuft vor mir. Natürlich neben Tante Amira. Und wenn Ndololo manchmal nicht so schnell kann, gibt die Mutter ihm von hinten einen Schubs. Ich lasse mich sofort etwas zurückfallen, weil ich will, dass die Mutter mich auch anschubst. Wir laufen aber gar nicht so weit. Wir haben alle ordentlich Hunger. Wir gehen nicht mal raus in die Ebene. Wobei das jetzt gar keine Rolle mehr spielt. Vor ein paar Tagen regnet es und seitdem gibt es überall was zu fressen. Und ich sehe zum ersten Mal Schmetterlinge. Ich versuche direkt einen mit dem Rüssel zu treffen, aber ich bekomme es nicht hin, weil ich gar nicht richtig sagen kann, wie die fliegen. Nur Rosie schafft das. Aber die ist auch älter als ich und darf schon auf uns aufpassen. Die Oma führt uns zu ganz komischen Bäumen. Von denen kannst du nur die Hülsen fressen. Die Blätter musst du am Baum lassen. Rosie weiß das schon und zeigt Arosina, Lily und mir, wie das geht. Und zwar gehst du mit dem Rüssel in die Blätter, und wenn du so einen kleinen spitzen Stengel fühlst, versuchst du den senkrecht rauszuziehen und nicht abzubrechen. Ndololo bekommt die Hülsen von Tante Amira gepflückt. Mir ist das mit den Hülsen viel zu kompliziert und zusammen mit Lily fresse ich lieber was von dem vielen Gras drumherum. Als wir alle weiterziehen zur Wasserstelle, kann ich hinten am großen Berg ein paar Zebras und ein paar Giraffen sehen. Aber die fressen da auch nur und kommen gar nicht vorbei. Irgendwas ist auf meinem Rücken. Kilabasi ruft was von hinten und lacht sich tot. Das fühlt sich wirklich komisch an. Das pikt so sehr, wie wenn mir da einer mit einem spitzen Stock rumdrückt. Ich laufe ein paar Meter vor und frage die Mutter, was ich da habe. Die sagt, dass da ein Storch auf meinem Rücken steht. Zuerst versuche ich ihn abzuschütteln, aber dann springt der immer wieder sofort auf mich drauf. Und dann denke ich mir, dass Kilabasi bestimmt nur neidisch ist. Weil bislang sehe ich immer nur große Bullen, bei denen hinten ein Storch auf dem Rücken steht. Und wenn dieser Storch jetzt bei mir ist, heißt das, dass der Storch denkt, dass ich groß bin. Die Wasserstelle ist weiter unten in der Ebene und wir laufen ein ganzes Stück bis dahin. Auf der anderen Seite vom Wasser stehen ein paar Gnus und ein paar Antilopen, die auch was trinken. Die Bullen stehen ganz allein hinten am Damm. Das weiß ich von Rosie. Die sind lieber für sich. Die trinken da, wo es gefährlich ist. Rosie sagt, dass da sogar Krokodile rumschwimmen. Aber ich glaube, dass die Rosie nur verliebt ist in einen von den Bullen und dass der ihr das erzählt, damit die sich noch mehr in ihn verliebt, weil er so mutig ist. Wir trinken viel. Wir dürfen einen Mittagsschlaf machen. Rosie passt auf uns auf. Die Oma und die anderen besprechen in der Zwischenzeit, wo wir danach hingehen. Und wir gehen dann einen Weg, den ich noch nie zuvor gehe. Hier ist es rutschig. Ich beschwere mich bei der Mutter. Aber immer wenn ich mich beschwere, sagt die Mutter, dass wir darauf hören sollen, was die Oma sagt, weil die alle Wege hier schon von ihrer Oma erklärt bekommt. Die Oma weiß viel mehr als wir alle zusammen. Wir gehen sogar durch einen Sumpf. Ndololo kann da gerade mal so seinen Kopf raushalten. Das sieht witzig aus von hinten. Weil der ist ja noch ganz klein und schwach und Tante Amira und die Mutter müssen ihn oft anschubsen. Ich drücke sogar auch einmal von hinten, damit der vorwärtskommt. Das ist ein komischer Weg, den wir da gehen. Als wir aus dem Sumpf rauskommen, bleibt die Oma stehen und versammelt alle hinter sich. Sie macht die Augen zu und schwingt ganz langsam ihren Rüssel und schnuppert. Wir stehen alle rum und warten, dass es weitergeht. Die Oma sagt, dass hier irgendwo in der Nähe einer stirbt. Die Oma redet immer so einen Quatsch. Aber wenn wir uns lustig machen und sagen, dass sie ja wohl inzwischen schon Geister sieht, bekommen wir Ärger von der Mutter und von den Tanten. Sogar Rosie ist dann neuerdings sauer auf uns, dabei habe ich den Witz ja von ihr. Wir laufen alle der Oma hinterher. Und da liegen dann wirklich gar nicht so weit entfernt ein paar Knochen rum. Die sind von einem Bullen. Vielleicht kennt die Oma den. Auf jeden Fall bleiben wir jetzt bei diesen Knochen, bis mein Schatten wieder lang ist. Die Oma und die Mutter und die Tanten nehmen jeden Knochen einmal in den Rüssel und schnuppern und wackeln mit den Ohren. Als wir weiterziehen, frage ich die Mutter, ob denn einer den Toten kennt. Wir laufen nebeneinander her und die Mutter ist ganz still. Und als ich mit meinen Gedanken schon wieder ganz woanders bin, sagt sie, dass wir keinen vergessen dürfen, niemals. Die Oma führt uns zu einem Schlammbad. Ich traue mich da aber nicht rein. Das letzte Mal war es roter Schlamm und der hier ist aber grau und stinkt ganz fürchterlich. Die Mutter steht schon mittendrin und beschmeißt mich mit Matsch und sagt, dass das gut ist, weil dann meine Mückenstiche nicht mehr so jucken. Ich gehe ein bisschen näher und versuche auch was mit meinem Rüssel zu werfen. Als plötzlich Arosina von links angestampft kommt und mich einfach reinschubst. Erst muss ich schnaufen und bekomme kaum Luft, aber dann ist es gar nicht so schlimm. Dass das so stinkt, merke ich gar nicht mehr. Ich rolle mich einmal richtig durch den Schlamm und danach werfe ich mich noch in das Staubloch nebendran. Da gibt es eine lustige Stelle, die mir Lily zeigt. Wenn du da deinen Po auf den Boden machst und die Vorderbeine hochhebst, rutschst du einen kleinen Hang runter ins Staubloch. Lily und ich machen das und alle anderen machen es uns nach. Sogar die Oma rutscht da runter. Das sieht witzig aus, weil die nämlich erst ihre Vorderbeine gar nicht so richtig hochbekommt. Und nachdem sie da runterrutscht, sagt sie, dass wir jetzt ganz schnell weitermüssen, weil es bald dunkel ist und wir noch einen längeren Weg vor uns haben. Also ziehen wir wieder alle weiter. Die Mutter nimmt mich unter ihren Bauch. Ich bin müde. Mir fallen beim Gehen immer wieder die Augen zu. Über mir spüre ich den warmen Bauch von der Mutter und rechts und links von mir sind ihre Beine. Nur einmal bin ich noch richtig wach, weil Ndololo aus der Gruppe abhaut. Wie ein Bekloppter rennt der auf eine Gruppe Warzenschweine los und trompetet die alle auseinander. Ich frage die Mutter, ob wir Ndololo nicht hierlassen können. Aber die Mutter sagt, dass Ndololo jetzt zu unserer Familie gehört. Rosie muss ihn wieder einfangen und rennt auch zu den Warzenschweinen. Es dauert nicht lang. Wir ziehen weiter Richtung Busch. Dort legen wir uns hin. Die Sonne ist weg. Mit einem Mal ist es viel kühler. Der Himmel ist schwarz. Er glitzert. Die Oma, die Mutter und die Tanten bleiben noch wach. Sie kratzen sich an den Bäumen und passen auf. Hinter mir liegt Kilabasi. Der kleine Ndololo lutscht an Rosies Ohr. Da ist der schöne Po von Arosina. Lily liegt neben mir. Sie macht die Augen zu. Sie legt ihren Rüssel auf meinen Rüssel. Ich kann ihren Atem spüren. Auch ich mache die Augen zu. Im Halbschlaf denke ich an dich. Alles, was du wissen sollst, steht nun in diesem Buch. Alles, was geschieht, ist hier. Hier, wo mein Herz ist.

DER LETZTE TAG

Es ist dunkel. Das Wasser umspült seine Füße. Stufe für Stufe geht der Junge hinab in das Meer. Das Wasser trägt ihn. Es schmeckt salzig. Er muss nichts tun. Eine Welle greift nach ihm und trägt ihn hinaus. Die Lichter des Schiffes kann der Junge nicht mehr sehen. Für einen Moment ist er unter Wasser. Es ist nicht schlimm. Das erste, was er sieht, als er seine Augen öffnet, ist eine Möwe. Sie steht direkt über ihm im Wind und bewegt sich keinen Meter vorwärts. Wo sie die Beine hingetan hat, kann der Junge nicht erkennen. Ihr Bauch ist wunderschön. Er würde ihn gerne berühren. Aber dann lässt sich die Möwe fallen, verschwindet aus seinem Blickfeld, und der Junge kann unendlich weit in den Weltraum schauen. Wie ein Feuerwerk, das plötzlich den ganzen Himmel erleuchtet und die Fischer und Matrosen aller Ozeane an Deck ihrer Boote treibt, steht Viktors letzter Gedanke in tausend kleinen Funken weit über dem Meer und verschwindet kurz darauf für immer im Leuchten der Sterne.

ENDE